WE LIVE
HERE

KB160173

전시대

경고

이 이야기는 실화다. 당시에는 상세한 대화와 사건의 정확한 순서를 기록하지 않았다. 하지만 우리의 유한한 능력을 최대한 발휘하여 당시 생활을 재현했다. 그래도 다음을 염두에 두시길.

1) 진통제

2) 시간의 경과

3) 우리 나이대 사람들에게 흔히 나타나는 건망증

로스캣

잃어버린 고양이를 찾는 GPS 사용법

캐롤린 폴이 쓰고
웬디 맥노튼이 그리고
조동섭이 옮긴
실제 이야기

윌북

고양이가 본

샌프란시스코라고

고양이 주인이

상상한 지도

바다
일명
불의의 죽음

1

어느 날, 비행기가 추락했다.

내가 조종한 비행기는 범포와 알루미늄 관, 잔디 깎는 기계 엔진만으로 만들어진 것이었다. 날 수 있을까 의심스러운 '시험 비행기'였다. 어쨌든 그날, 날아가기는 했다.

시험은 '실패'였다.

나는 잔해에서 기어 나왔다, 피를 흘리고 정신은 멍한 채. 처음 다가온 사람한테 말했다.

"911에 전화하지 마세요."

그러나 이미 숨길 수 없었다. 발목이 덜렁거리고, 손목이 비틀어지고, 머리에서 흐르는 피가 녹색 비행복을 적시고 있고, 표정은 멍하고, 시험 비행기 조각들이 폐업 세일 마지막 순간의 법석판처럼 뒤에 널브러져 있었으니까.

병원에서 말했다.

"내출혈이나 뇌 손상은 없어요. 정말 운이 좋으시네요."

간호사들은 윙 소리를 내는 기계를 들고 인상 쓴 얼굴로 직업적 열정을 발산하며 오갔다. 의사들은 몸을 두드리고 찔렀다. 정강뼈와 종아리뼈가 심하게 부러졌단다.

"정강뼈와 종아리뼈요?!"

그렇게 말하는 내 입에서는 피 맛이 느껴졌고, 팔에 멍든 곳이 아팠다. 모르핀으로 멍해져서 웃음이 났다. 우리 집 두 고양이의 이름이 정강뼈와 종아리뼈를 뜻하는 '티비아'와 '피불라'라고 설명하자 의료진은 무표정하게 고개를 끄덕였다. 그 사람들한테 나는 그저 바퀴 달린 침대에서 헛것을 보는 얼간이들 중한 명일뿐이었다. 내가 얼간이임은 사실이었다. 티비아와 피불라를 귀엽게 줄여서 '티비'와 '피비'로 부르는 내 고양이들, 열세살 된 두 마리 고양이는 내가 도대체 어디에 있는지 왜 집에 돌아오지 않는지 의아하게 생각하고 있을 것이다.

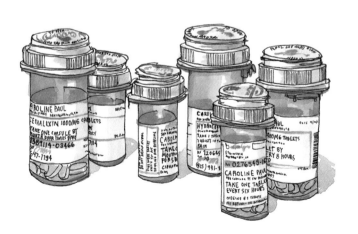

이후 며칠 동안 애인 웬디가 내 손을 잡고 아무 문제없다고 나를 안심시켰다. 집은 괜찮다고, 티비와 피비도 괜찮다고. '자기도 괜찮네' 하는 말도 빠뜨리지 않았다. 얼음, 작은 초콜릿 푸딩도 가져왔다. 나는 먹지 않은 채 놓아두었다. 웬디는 간호사한테서 면회 시간이 끝났다는 말을 들을 때까지 불편한 의자에서 잠을 잤다. 그리고 이튿날 또 병실로 와서 전날과 같은 일을 되풀이했다.

웬디와 나의 관계는 새로운 국면에 접어들고 있었다. 사랑에서 이미 알려진 어떤 규칙도 적용되지 않는 단계였다. 지난 반년은 가슴이 두근거리고, 세상이 기울어져 보이고, 무지개가 수놓이고, 구름 속을 걷는 듯한 시간이었으며, 우리는 서로에게 완벽한 모습만 보여 왔다. 그런 시기는 확실히 끝났다. 나는 약에 취해 있었고, 머리는 엉망이고, 씻지도 못했고, 여기저기 상처로 신음하며 연약해져 있었다. 팔에는 붕대, 이마에는 꿰맨 자국, 왼쪽 발목에는 응급 수술한 흔적이 있었다. 웬디는 내 파란색 종이 가운을 어루만지며 나더러 아름답다고 말했다.

다리뼈는 다시 짜 맞춰졌다. 다리뼈를 고정하는 금속 덧대도 붙여졌다. 외과 의사는 즐거워하는 듯한 수상쩍은 표정을 지으며 발목이 산산조각 났다고 말했다.

"감자 칩 부스러기 같았어요. 봉지를 입에 대고 털어야 하는 부스러기들이요."

의사는 내가 못 알아들을까 봐 봉지를 입에 터는 시늉까지

했다. 그리고 고개를 갸웃했다. 그 고갯짓은, 내 다리를 감은 금속 덧대들에도 불구하고 확답할 수 있는 것이 전혀 없다는 뜻이었다. 의사는 간호사에게 내 몸에 모르핀을 더 넣으라고 말했다. 어느 정도 내 상태가 나아졌는지 병원에서는 나를 퇴원시켰다.

마침내 나는 샌프란시스코에 있는 집으로 돌아갔다.

티비아와 피불라는 나를 보자 기뻐서 야옹거렸다. 내가 불편한 상태여도 고양이들은 상관하지 않았다. 아니, 오히려 기뻐했다. 이전까지 나는 고양이들에게, 플라스틱과 불빛으로 이루어진 작은 사각형 물건을 손에 쥐고 소리치거나, 컴퓨터를 들여다보거나, 일어난 뒤 시야에서 사라졌다가 몇 시간 뒤에야 현관문에 나타나는 사람이었다. 그러던 내가 항상 고양이들 옆에 있는 사람이 된 것이다. 고양이들은 이런 행운에 감탄하며 고양이가 누릴 수 있는 이점을 충분히 활용했다. 귀를 긁어 달라고, 턱을 쓰다듬어 달라고 요구했다. 수염을 내 얼굴에 비볐다. 내가 사랑에 넘쳐 발음도 불분명한 아기 말투로 말하면, 고양이들은 그 대답으로 가르랑거렸다. 대개는 자리를 잡고 잠들었다. 피비는 내 목에서 코를 골았다. 티비는 가까이 놓인 깔개에서 코를 골았다. 그사이 나는 깨어 있는 채 절망의 깊고 어두운 구멍을 맴돌았다.

고양이들이 없었다면, 나는 곧장 무너졌을 것이다.

웬디는 고양이를 이해하지 못했다. 피비가 무릎에 뛰어오르면, 웬디는 몸수색을 당하기 직전인 양 양손을 번쩍 쳐들었다. 웬디가 티비의 머리를 다독거리는 모습은 작은 불을 끄는 것 같았다. 그래도 내가 잔뜩 긴장한 실어증 환자처럼 혀짤배기소리로 옹알거릴 때에는 웬디도 애써 웃는 표정을 지었다. 그러면서 웬디는 도대체 내가 왜 그러는지 알아내려고 애쓰는 듯했다.

아, 소개가 늦었다. 애가 피비다. 평소 잠자는 모습.

피비

잠들었는데도 세상을 지배하는 자세 아닌가? 피비는 열정이 넘치고 붙임성이 좋다. 늘 사람한테서 관심을 받으려 한다. 어느 누구의 무릎이든 피비가 작고 둥근 배를 깔고 앉을 곳이고, 어느 누구의 코든 피비가 우아한 발을 올려놓을 곳이다. 내 자동차가 차고로 들어오면, 피비는 어디에서든 튀어나와 입구로 총총 걸어와서 못마땅하다는 뜻으로 야옹거렸다. 피비의 야옹 소리는 이렇게 말하는 듯했다. 집을 비우고 어디 있었어? 왜 이렇게 오래 걸렸어? 그런 뒤에 피비는 천천히 눈을 감으며 내 다리에 몸을 감고 나를 용서했다.

피비와 티비는 남매인데, 그 사실을 믿기 힘들 정도로 티비는 피비와 다르다. 티비는 아주 수줍음을 많이 타고 긴장도 많이 한다. 몸집이 크고 눈은 아몬드 형태에 색이 짙고 커서 그 눈으로 사람을 응시하면 외계인과 시선이 마주친 듯한 기분이 되는데도, 걸음걸이는 호랑이 같고 얼굴은 방울뱀처럼 다이아몬드 형인 포식 동물의 느낌인데도, 티비는 자기가 아주 작은 고양이라고 여기고 있었다. 그리고 세상이 실수로 자신을 덮치기라도 할 듯 살금살금 다녔다. 큰소리만 나도 펄쩍 뛰고, 낯선 사람이 보이면 달아났다. 주위에 아무도 없을 때에만 밥을 먹었다. 뒤뜰에서는 그곳이 샌프란시스코에 있는 작은 뜰이 아니라 세렝게티 평원이라도 되는 양 숨을 곳을 서둘러 찾았다. 나는 늘 마음이 아팠다. 내 사랑조차 티비가 깊은 불안을 극복하는 데 도움이 안 되다니. 물을 많이 주지 않아도 잘 자라는 캘리포니아 토종

티비

안전 지대

천천히 움직이는 물체들, 겁

물 등의 확실한 위험

개, 너구리, 크게 쿵쿵 두드리는 소리

갑작스러운 죽음

식물들 아래에서도 사자와 코뿔소를 보는 티비의 오랜 본능을 나로선 어쩔 수 없다니. 하지만 티비와 오랜 세월을 함께하면서 어느 순간 나도 단순한 진실을 받아들이게 됐다. '티비는 겁쟁이'라는 진실.

이제 병원에서 돌아온 나는 뜻밖에도 티비의 기분을 이해하게 됐다. 모든 게 두렵고 쉬 깨어질 것만 같았다. 발목뿐 아니라 머릿속도 그랬다. 비행기가 땅에 쿵 소리를 내며 부딪치고 피가 비행복에 튀는 꿈이 긴 여름날 내내 계속되고 또 계속되다가 이제 희미한 백일몽으로 자리를 잡았다. 약 때문일 수도 있고, 외

어둠

상성 신경증일 수도 있고, 세상이 선하고 우리는 세상의 맹목적 사랑을 받는 중심에 서 있다는 인간의 망상을 비행기 왼쪽 날개 끝 고장으로 잊어버렸기 때문일 수도 있다. 간단히 말해서, 모든 일이 그저 잘되지만은 않는다는 사실을 깨달았다. 금세 엉망이 되고 절대 다시 정상으로 돌아올 수 없을 수 있다.

몇 주가 지났다. 웬디는 나를 굳게 간호했다. 그러나 나는 가까이 있기에 좋은 사람이 아니었다. 요도 도관 팩을 끌고 다녔고, 몸에서는 악취가 났다. 진통제와 후회가 몸에 넘칠 만큼 가득 찼다. 몇 시간씩 무기력하게 누워서 멍하니 다리를 바라보았다. 저 다리에 내 뜻과 상관없는 무슨 일이 일어날 것이라는 생각이 들었다. 옆으로 휙 돌아가거나, 바닥에 떨어지거나, 아주 약한 바람에 수백만 조각으로 깨어지거나……. 간단히 말해서 나는 좀 이상해지고 있었다. 웬디가 내 귀에 대고 이제 지쳤다고 속삭인 뒤 집을 떠나지 않을까 날마다 상상했다. 웬디가 그런들 누가 웬디를 비난할 수 있을까? 이런 짐을 짊어질 만큼 오래 사귄 사이도 아니었는데!

나는 티비아와 피불라에게만 자신이 있었다. 우리는 13년을 같이 살았다. 내가 성인이 된 뒤로 가장 오래 맺은 관계였다. 천장을 처다보며 생각했다. 다른 모든 것이 변해도 고양이들은 안 변했어. 나는 여기 매달려야 해. 피비는 집이 자기 차지인 양 집을 성큼성큼 돌아다니고 있었고, 티비는 쓰다듬어 주기를 기다리며(단, 피비가 허락한 뒤에) 구석에 숨어 있었다. 불안과 부상

이전에도 생활이 있었음을, 그러니까 이후에도 생활이 있을 것임을 티비와 피비 덕분에 생각할 수 있었다.

그렇게 퇴원해서 회복을 기다린 지 한 달쯤 되었을 때, 여전히 침대에서 못 움직이고, 우울하고, 활기를 잃고, 비코딘(옮긴이: 진통제 상표명)을 너무 많이 먹어서 멍하고, 텔레비전을 너무 많이 보아서 마비된 상태에서, 다른 일이 일어났다.

티비가 사라졌다.

커다란 미궁

2

고양이를 잃어버리면 공황에 빠진다. 고양이를 납치하는 사람, 해부하는 사람 등이 떠오른다. 고양이가 구멍에 빠져 있는 모습, 집으로 기어갈 수도 없을 만큼 크게 부상당한 모습이 머리를 스친다.

울음을 터뜨린다.

나는 움직일 수도 없었으므로 친구들이 달려왔다. 친구들은 동네를 돌며 문마다 노크했다. 우편함마다 처량한 애원을 넣었다.

고양이를 찾습니다.
꼭 연락 바랍니다. 주인이 울고 있습니다.

티비의 크고 젖은 외계인 눈이 전봇대와 가로등 기둥과 나무에서 노려보고 있었다.

열흘이 지났다.

아무 연락도 없었다.

무슨 일이 일어날 수 있었을까. 13년 동안 우리 집에는 고양이 문이 있었다. 그 문으로 티비와 피비가 아무 위험 없이 집 안팎을 오갔다. 집 앞으로는 골목이 이어져 있다. 그렇지만 골목에서 우리 고양이들을 본 적은 없다. 그 골목에 있을 이유가 없으니까. 고양이 문은 뒤뜰로 향해 있고, 그 뒤뜰에서는 우리 블록에 있는 집들의 뒤뜰이 쭉 이어진다. 잎이 무성한 뜰들이 길고 넓게 이어진 이곳에는 고양이가 바랄 만한 것이 모두 있다. 기어오를 울타리와 나무, 뒹굴고 코를 킁킁댈 흙, 잡으러 다닐 쥐, 뜯어 먹을 풀.

어느새 '고양이는 실내에서만!' 하고 주장하는 사람들이 조용히 득세하고 있었다. 이 사람들은 고양이들의 안전을 위해서

하이테크 고양이 문

넓고
거대하고
기이한 세상

CAT DOOR

고양이를 실내에서 내보내지 않아야 한다고 잔소리한다. 그러면 나는 비웃음으로 대응했다. 나는 말했다. 당연히 누구라도 집 안에 틀어박혀 있으면 오래 살겠지. 하지만 행복하거나 건강할 수는 없잖아. 이 논쟁은 끝이 없었다. 양쪽 모두 자기편에서 턱을 내밀고 자기가 옳다고 펄펄 뛰었다. 티비가 사라진 마당에 '고양이는 실내에서만'파가 와서 나한테 삿대질한다 해도 나는 여전히 그 사람들의 생각이 틀렸다고 고집할 것이다. 그럼에도 불구하고 나는 눈물을 흘리며 그 사람 발치에 쓰러졌을 것이다.

절망적이 된 나머지 점쟁이를 찾아갔다. 점쟁이의 모습은 내가 예상한 것과 사뭇 달랐다. 손가락에 커다란 반지도 없고 수정 구슬을 실눈으로 보지도 않았다. 세련된 헤어스타일로 요가 복장을 하고 있었으며, 티비의 실종에 대해 상세히 적어서 보낸 내 이메일을 읽고 있었다. 점쟁이는 정신을 집중하는 데 시간이 좀 걸린다고 말했고, 나는 기다렸다. 얼마 지나지 않아서 이메일로 답신이 왔다. 티비는 무사하고 다친 곳도 없으며 목요일 새벽 5시 전에는 집에 돌아온다고 적혀 있었다. 아주 확실하게 보였으니까 걱정하지 않아도 된다는 말도 있었다. 멀지 않은 곳에서 아이들이 티비를 잘 보살피고 있다는 말이 마지막이었다.

발신: 점쟁이
수신: 캐롤린

제목: Re: 고양이 신청
2009년 8월 5일 오후 6:54:32

안녕하세요.
티비는 무사하고 다치지도 않았습니다. 먹는 것도 잘 먹고 있어요. 어떤 어린 아이들이 티비를 발견했어요. 9~13살 된 아이들이 주말에 발견한 것 같네요. 애들이 티비를 자기네 집으로 데려갔어요.
네, 이상하게 들릴지도 모르겠지만, 제 눈에는 티비가 다른 사람들의 집에서 잘 지내고 있는 게 보여요. 차고에 갇혀 있지도 않아요.
어린 여자애가 티비를 자기 고양이라고 생각하고 있네요. 그래서 음식도 주고 다정하게 대하고 있어요.

오늘은 보름달에 월식이 생겨요. 티비는 달이 이지러지는 내일 새벽에 돌아올 겁니다.

이제 티비를 다시 반기는 일만 남았어요. 두려워하지 말고 즐겁게 티비를 데려 오세요.

- 점쟁이 올림

추신: 말씀드린 내용은 모두 생생하게 저한테 보였어요. 제가 장담하는데 이게 다 티비의 지금 모습입니다.

아이들! 티비는 아이들이라면 질색하는데! 그래도 나는 숨을 깊이 들이쉬고 기다렸다. 정확한 날짜와 시간을 예언하는 점쟁이라면 존중하지 않을 수 없잖아. 확신에 차 있잖아. 그러나 목요일이 왔다가 지나갔다. 티비는 없었다. 주말에도 돌아오지 않았고, 그다음 월요일에도 돌아오지 않았다.

웬디가 다시 동네를 돌아다녔다. 만나는 사람마다 붙잡고 티비의 사진을 보여 주었다. 사람들은 안됐다는 표정으로 고개를 가로저으며 못 봤다고 말했다. 웬디는 이 근처에 집 없는 고양이들이 모여 사는 곳이 있다는 말을 들었다. 거기 있을까? 나는 부정적이었다. 티비가 거친 고양이들과 함께 길모퉁이에서 와인을 마시고 앞발로 갱들이 주고받는 손짓을 보낸다? 상상할 수 없었다. 그럴 리 없어. 어쨌든 웬디는 집 없는 고양이들이 모여 있는 곳을 돌아다니며 티비를 찾아보았다. 소용없었다.

결국 나는 두 손을 맞잡았다. 하나님에게 물었다. 알라신, 부처님, 대지의 어머니 신, 위대한 우주 에너지에도 물었다. 그 무엇도 믿지 않는 나였지만, 나는 절박했다.

"하나님, 알라신, 부처님, 대지의 어머니 신, 위대한 우주 에너지시여. 티비는 어디에 있나요? 무사한가요?"

정적뿐이었다.

3

동물 보호소는 감옥 같았다. 긴 콘크리트 복도, 닫힐 때 소리가 울리는 두꺼운 문. 까불거리는 자원봉사자가 나를 안내했다. 내 목발 때문에 망치로 바닥을 내리치는 소리가 났다.

자원봉사자를 따라 고양이들 방으로 갔다. 줄지어 늘어선 철망 우리들 앞에서 한 걸음 물러서서 하나씩 들여다보았다.

"티비?" 나는 속삭였다. 다 자란 고양이들은 우리 안쪽에 웅크린 채 움직이지 않고 나를 보았다. 새끼 고양이들은 앞으로 다가왔지만, 꼬리가 축 늘어지고 눈빛은 몽롱했다. 나는 고양이 한 마리 한 마리에게 일일이 말했다. "정말 미안해. 나도 너를 데려갈 수 있으면 좋겠어."

사흘 내내 동물 보호소에 갔다. 사흘 내내 그곳은 똑같았다. 자원봉사자가 나타나서 동정의 미소를 지었다. 자원봉사자들의 목소리는 늘 통통 튀었다.

나는 울먹이며 말한다.

"고양이를 잃어버렸어요. 몸집이 크고 수줍음이 많고 눈은 촉촉하고 외계인 같아요. 사라진 지 15일…… 21일…… 33일 됐어요."

"아, 고양이."

활발한 자원봉사자가 다 안다는 듯이 대답한다. 자원봉사자들은 희망찬 이야기를 들려준다. 누구나 희망찬 이야기를 알고 있었다. 며칠, 몇 주, 몇 달을 잃어버렸다가 집으로 돌아온 고양이. 2년이나 지난 뒤에 5천 킬로미터 떨어진 곳에서 발견된 고양이. 나는 새로운 종교에 발을 디딘 사람처럼 열정적으로 이야기를 들었다. 내가 잃어버렸거나 가져본 적 없는 마법이 자원봉사자들에게는 있는 것 같았다. 밝은 미소 뒤에 굳건한 마음을 숨기는 마법. 그게 아니면 자원봉사자들은 그런 갖가지 고양이의 불행을 어떻게 견딜 수 있을까?

"익숙해져요." 어느 자원봉사자의 말이다.

"그렇게 끔찍하지는 않아요." 또 다른 자원봉사자.

자원봉사자들은 주황색 풀오버를 입고 발에는 파란색 종이 신발을 신는다. 동물 우리를 청소하고 워키토키에 대고 말한다. 한쪽 끝에 깃털이 달린 막대도 갖고 다닌다. 고양이와 놀기 위한 막대. 나는 자원봉사자들이 좋아졌다. 그 참을성 있는 작은 미소, 파란색 종이 신발, 딱딱한 외피 속에 있는 부드러운 마음. 그래서 나는 자원봉사자들의 고양이 모험담을 귀담아들었다. 그리고 집에 돌아와서 울었다.

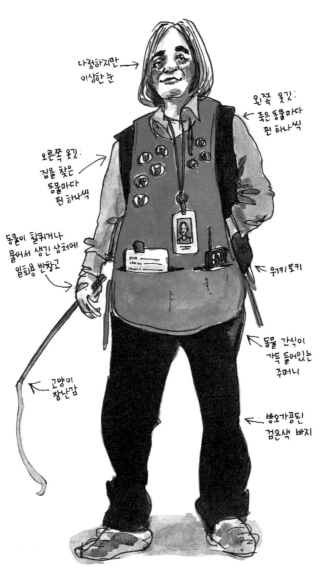

다정하지만 이상한 눈

왼쪽 옷깃: 죽은 동물마다 핀 하나씩

오른쪽 옷깃: 집을 찾은 동물마다 핀 하나씩

동물이 할퀴거나 물어서 생긴 상처에 일회용 반창고

워키토키

동물 간식이 가득 들어있는 주머니

고양이 장난감

방오가공된 검은색 바지

동물 보호소 자원봉사자

나는 다시 점쟁이한테 이메일을 보냈다. 점쟁이한테서 답신이 왔다. 타비는 아직 무사하다고. 하현달과 함께 돌아온다고. 이번에도 나는 점쟁이의 낙관적인 생각을, 제3의 눈을, 세련된 헤어스타일을 믿었다. 그러나 하현달이 지나가도 타비는 나타나지 않았다.

서서히 나는 깨달았다.

타비 같은 고양이는 도시의 정글에서 살아남을 수 없어. 타비는 너무 수줍고 너무 소심해. 길거리에서 살아남을 기지도 없어. 큰소리칠 배짱도 없어.

나는 진실을 마주해야 했다. 타비가 집에 오지 않는 이유는 하나뿐. 나쁜 일이 일어난 것이다.

그러다가 사라진 지 5주 뒤, 타비가 나타났다.

4

티비는 어느 날 밤늦게 춤추듯 침실로 들어왔다. 파바로티 같은 야옹 소리로 우리에게 인사했다. 우리는 잠에서 깨어 벌떡 일어났다. 티비는 의자 밑으로 들어갔다.

내가 말했다. "티비!"

웬디가 말했다. "티비!"

피비는 놀라지도 않고 그냥 빤히 티비를 보기만 했다.

티비가 말했다. "야옹."

나는 이후 며칠을 티비와 놀며 보냈다. 그러면서 뭐랄까, 조금 화났다. 어디 있었을까? 왜 집을 나갔을까? 그리고 지금은 문제가 뭘까? 티비는 무심하게 밥그릇 앞에 갔다가 한숨을 쉬고 그냥 지나갔다.

나는 웬디에게 한탄했다. "밥을 안 먹어! 티비가 아파! 집에서 떠나 있어서 아파! 그렇게 오래 떠나 있어서!"

그러나 동물 병원에 데려가자 몸무게가 2백 그램 늘었다. 수의사는 티비의 털에 윤기가 흐르고 걸음걸이도 힘차다고 말했다.

나는 자존심이 상해서 대답했다. "잘됐네요."

티비가 무사하다는 안도감이 희미해지고, 엎드려서 코를 고는 티비의 자세—축하하느라 술을 진탕 마신 운동선수처럼 사지를 쭉 뻗은—를 보는 즐거움도 옅어질 때, 나는 더 어두운 감정에 빠졌다. **혼란. 질투. 배신감.** 나는 13년 된 내 고양이를 잘 안다고 생각했다. 내가 알던 고양이는 소심하고 수줍었다. 그런데 이 고양이는 거친 바다에서 대담한 모험을 즐기고 돌아왔다. 세이렌이 어떻게 꼬드겼을까? 음식이 넘치고 간식이 끊이지 않는 이 화려한 곳에 계속 머물까?

내가 이런 말을 할 때(실은, 이런 말을 미친 듯이 떠들어 댈 때) 웬디는 코앞에 폭풍우가 몰아치는 줄 알았을 것이다. 약과 우울과 정서 불안을 모두 소파에서 쏟아내는 폭풍우. 거기에 웬디는 공감하고 같이 분개한다는 뜻으로 비치기 바라며 고개를 끄덕였다. 그렇지만 웬디의 머리에서 나오는 말풍선에 무슨 대사가 써 있을지 나는 알 수 있었다. 형광색으로 강조된 글자.

'그게 뭐 대수야? 티비는 고양이야!'

웬디는 생각했다. 티비가 돌아왔잖아. 그걸로 충분하지 않아?

아니, 사실, 충분하지 않아.

웬디는 동정을 포기하고 조언을 주려 했다.

티비가 집을 나가지 못하게 한동안 고양이 문을 잠그는 게 좋겠다고.

나는 몇 해 전에도 잠가 보았다고 말했다.

밤에 고양이 문을 잠가 두었는데, 커다란 쿵쿵 소리가 계속 이어져서 몇 시간 동안 누운 채로 잠을 못 잤다. 처음에는 그 쿵쿵 소리가 어디서 나는지 몰랐는데 알고 보니 티비가 귀신에 씌인 듯 자기 몸을 계속 문에 부딪쳐서 나는 것이었다. 내가 말했다. 늙은 고양이를 어떻게 집에만 가둬. 지금은 안 돼. 게다가 중

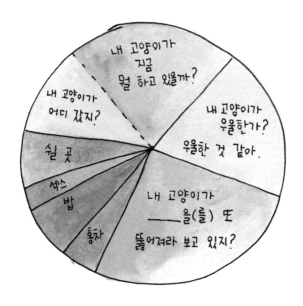

고양이 주인의
머릿속

요한 건 그게 아니잖아.

그럼 말해 봐. 도대체 중요한 게 뭔데? 웬디 머릿속에서 그런 말풍선이 떠오르는 게 내 눈에 어찌나 분명히 보이는지 그 마음의 소리가 실제로 내 귀에 들리는 듯했다.

나는 거만스레 말했다.

고양이를 제대로 안 키워본 사람한테 말해도 소용없어.

반려 동물이 우리 옆에 없을 때에는 어디에 가서 뭘 할까? 그리고 왜 갈까? 우리로는 부족한가? 이런 질문들은 동물을 사랑하는 사람에게 기본이다. 그래서 모험이 시작됐다. 반려 동물에게 인간이라는 존재는 인간이 생각하는 그것과 다르다는 사실을 깨달은 사람에게는 낯설지 않을 모험. 티비가 그 다섯 주 동안 어디에 있었는지 알아내려는 모험.

그렇게 시작됐다. '티비 추적 작전'.

5

티비 추적 작전의 첫 단계는 당연히 티비를 추적해서 소굴을 찾아내는 것이었다.

나는 이를 악물고 말했다. "소굴!"

내 머릿속에 선명하게 떠오른 광경: 금빛 베개에서 잠자고 있는 티비, 빈 럼주 술병처럼 흩어져 있는 빈 참치 캔들, 주위에 어슬렁거리는 젊은 고양이들.

거대한 야자나무 잎 부채가 아래위로 하늘하늘 흔들리고 햇빛 아래 반짝이는 티비의 털이 부채 바람에 가볍게 흔들리는 모습이 내 눈앞에 어른거렸다.

"소굴!" 나는 한 번 더 말했다. 이번에는 뒤에 힘을 주어 마치 새롭고 놀라운 말을 하는 기분을 냈다.

웬디가 말했다. "음, 티비가 지난 다섯 주 동안 가 있던 곳을 말하는 거야? 그렇지만 티비가 거기 다시 가는지 안 가는지 모르잖아."

몰랐다. 확신할 수 없었다. 하지만 징후는 있었다. 첫째, 티비가 집에서 밥을 먹지 않았다. 그래도 털에 윤기가 흐르고 허리둘레는 여전히 표범 같았다. 둘째, 티비는 뭘 몰래 숨겨 놓은 남편처럼 혼자서 흐뭇한 표정을 짓고 있었다. 나로서는 처음 보는 표정이었다. 물론 나한테 남편이 있었던 적은 없지만, 나는 '원 라이프 투 리브One Life to Live'(옮긴이: 미국에서 43년 동안 방송된 연속극)와 '애즈 더 월드 턴스As the World Turns'(옮긴이: 미국에서 54년 동안 방송된 연속극)를 수없이 보아서 그런 표정을 단박에 알아볼 수 있다.

내가 티비를 가리키며 말했다. "봐. 보이지?"

웬디는 티비를 뚫어져라 봤지만, 못 알아봤다.

한편으로 생각하면, 웬디는 고양이를 오래 키워 본 사람이 아니잖아. 당연히 오리무중이지.

나는 웬디에게 말했다. "내 생각이 맞아. 티비는 으쌰으쌰를 즐기고 있다니까."

웬디의 표정은 '으쌰으쌰?' 하고 말하는 듯했다. 그래도 웬디는 그냥 고개를 끄덕였다. 그러면서 내가 먹는 약 목록을 수상쩍다는 듯 흘긋 보고 아무 말도 하지 않았다.

웬디는 임무에 완전히 끼지 않았지만 그렇다고 반대하지도 않았다. 이미 웬디는 티비와 피비를 좋아하게 됐다. 그래도 아직 고양이들한테 아기 말투로 말할 만큼 좋아하게 되지는 않았다. 고양이가 들어가는 문장에 '고양이'라는 말 대신 '냥이'를 쓸 만큼 좋아하게 되지는 않았다. 티비가 어디에 갔을지, 왜 갔을지에 비정상적으로 집착할 만큼 좋아하게 되지는 않았다. 그래도 웬디는 고양이들을 좋아했다. 그래서 도우려 했다. 그렇지만 어떻게 고양이를 뒤쫓아? 고양이들은 집에서 키우는 동물 중에서도 제일 잘 달아나잖아. 수천 년 동안 이어진 유전자에 철쭉 뒤로 사라지는 법, 정원 난쟁이 인형 뒤에 꼼짝도 않고 눕는 법, 울타리 위로 미끄러지듯 지나가는 법, 벤치 아래에서 몰래 움직이는 법이 새겨져 있잖아. 그런데 나는 목발과 진통제에 의지해 있잖아.

웬디가 생각에 잠긴 채 말했다. "티비가 가는 곳에 우리는 못 가. 그런데 테크놀로지는 갈 수 있어."

그 말에 어느새 나는 '스파이 상점' 선반 앞을 절뚝거리며 돌아다니고 있었다. 티슈 상자처럼 생긴 비디오카메라, 펜처럼 생긴 테이프리코더, 손가락에 끼우는 무기와 전기 쇼크 총과 톱날이 있는 커다란 전투용 칼 등을 지나갔다. 다른 때였다면 특이한 기기들에 호기심이 발동했겠지만, 그날은 아니었다. 그날은 내가 임무를 띠고 있었다.

나는 여드름투성이 점원에게 말했다. "추적 장치 있어요? 누구 뒤를 쫓을 때 쓰는 거요."

점원은 바람난 남편 뒤를 캐려는 아내 수백만 명이 이미 다녀간 듯 심드렁하게 말했다. "당연히 있죠. GPS가 필요하시겠네요." 그리고 저쪽 벽에 있는 장을 가리킨 뒤 따라오라고 손짓했다.

스파이 상점* 메모

13 센티미터

GPS 찾기

GPS 트래커 디펜스:

GPS 추적을 불가능하게해서 추적기를 무용지물로 만든다. NOTE: 고양이 손에 닿지 않게 할 것

이건 어디에 쓰는 걸까?

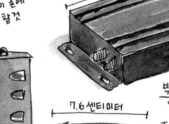

너무 크다

크다

리얼타임 트래커:

야간이나 주간 모두 휴대폰 기술을 사용.
'투명보호' 요금제 이용 가능
벨트 클립 제공.
NOTE : 고양이는 벨트를 맬 수 없음.
이미 시도해 보았음.

5센티미터

7.6 센티미터

빅 브라더 트래커

'초보 운전 십대 청소년'을 감지하는 GPS.
(충돌 센서와 구조 버튼이 달림)

3.8 센티미터

패시브 GPS 트래커:

플라스틱, 방수, 자석으로 탈부착,
추적 시간 100시간.
주의 : 고양이한테는 자석이 붙지 않음
고양이가 자성을 띠게 할 수 있나?

그 밖의 상품 :

도로에서 차에 치어 죽은 동물의 냄새를 그대로 재현.
합법적인 지역에서만 판매 가능.
징그럽다.

봉투 엑스레이 스프레이:
봉투를 투명하게 만들어서
속의 내용물을 볼 수 있게 한다.
아직도 편지를 주고 받는 사람이 있다면
그 사람에게는 아주 유용할 듯.

B.S.
센서

쥐이 상점에서는 사용하지 말 것

수족관 같은 조명이 들어와 있는 유리 진열장이었다. 안에는 안테나, 자석, 화면, 끈 등으로 장식된 갖가지 크기와 형태의 GPS 장비들이 있었다. 바람난 배우자의 지갑에 넣을 수 있는 GPS, 자동차 구석에 붙일 수 있는 GPS, 무장 자동차 강도 때 돈 자루에 넣을 수 있는 GPS. 라벨에는 긴 모델명과 함께 '한 번에 위성 접속', '내장 안테나', '플래시 저장 장치' 등등의 문구가 적혀 있었다. 점원은 무거워 보이는 커다란 상자를 선반에서 꺼내 경건하게 내 앞에 내밀었다.

"한 번 충전으로 72시간 작동하고, 인터넷 실시간 추적 기능도 있고, 자석식 탈부착도 됩니다." 점원의 설명을 들으며 가격표를 보았다. 1,500달러.

"더 싼 거 없어요?" 나는 진열장에 더 가까이 절뚝절뚝 걸어갔다. 고양이에게 붙이기에는 너무 무겁고 거추장스러워 보이는 것들뿐이었다. "그리고 작아야 해요. 아주 작은 거."

점원이 내놓는 것들은 모두 너무 컸다.

점원은 마지막으로 내놓은 장비를 옆으로 치우면서 말했다. "어디에 쓰실 건지 알면 더 적당한 걸 보여드릴 수 있어요." 점원의 목소리는 차분했다. 갖가지 민감한 상황에 어떻게 대처해야 하는지 잘 배운 사람의 목소리였다. 그렇지만 점원의 무심한 태도가 그저 그런 척하는 것일 뿐이라는 사실이 그 눈빛에서 드러났다. 점원의 눈길은 내 가랑이, 머리 상처, 다리의 큰 덧대를 훑었다. 점원이 무슨 생각을 할지는 뻔했다. 질 나쁜 남자 애인?

폭력 남편? 남편의 정부와 싸웠나?

나는 목청을 가다듬었다.

"음…… 저기……."

점원은 기대에 찬 눈빛으로 나를 보았다.

마침내 나는 간신히 말했다.

"있죠…… 고양이를 추적하려고요."

점원은 처음에 못 알아들었다. 아마 내가 너무 작게 말했나 보다.

다시 말했다.

"고양이요. 고, 양, 이."

멍한 시선.

내가 말했다. "아주 작고 아주 털이 많은 남편을 추적한다고 생각해 보세요."

비로소 점원의 눈이 반짝였다. "고양이!"

점원은 이 스파이 상점에서 많은 사연을 들었겠지만 이런 사연은 처음이었을 것이다. 점원이 소리쳤다. "와! 아, 그래요! 저기, 인터넷에 들어가 보세요! 인터넷에는 되게 많아요. 고양이용으로 나온 게 확실히 있을 거예요."

정말이었다. 조잡한 그림과 어색한 글로 가득한 이상한 사이트에서 마침내 아주 작은 GPS를 발견했다. 어떤 남자가 집에서 혼자 만든 것이었다. 그리고 고양이용이었다.

그것으로 보아 이 사람은 결심이 굳은 사람일뿐더러 고양이 사랑에 있어 내 영혼의 친구임이 틀림없었다.

　　주문했다.

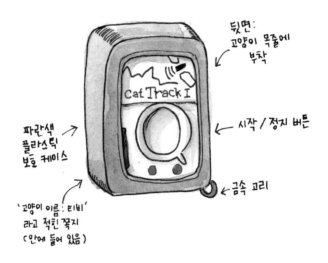

뒷면:
고양이 목줄에
부착

파란색
플라스틱
보호 케이스

시작 / 정지 버튼

금속 고리

'고양이 이름: 티비'
라고 적힌 쪽지
(안에 들어 있음)

'고양이 추적기'가 도착했다. 파란색 고무 틀에 들어 있는 흰색 플라스틱 육면체가 견고해 보였다. 핼러윈 초콜릿처럼 깔끔하고 단순하며, 그것보다 크기는 조금 크고 두께는 두 배쯤이었다. 무게는 20그램으로, 스파이 가게에서 파는 GPS들은 이것에 비하면 최소한 세 배는 무거웠다. 앞에는 버튼 하나와 파란색, 빨간색, 두 개의 신호가 있었다. 두 신호는 여러 방식으로 깜박이면서 포유류의 뇌를 뛰어넘는 복잡한 기기임을 확실하게 드러냈다. 웬디와 나는 티비를 보러 갔다.

티비는 깔개에 몸을 쭉 뻗고 누워서 코를 골고 있었다. 웬디와 내가 나타나자 티비는 고개를 들었다. 꾸며서 지은 커다란 미소, 슬로모션으로 다가가는 몸짓, 속닥거리는 수상한 말들, 천장을 올려다보고 벽을 내다보는 둥 티비에게 눈길을 주지 않으려고 아무 데나 보는 시선 등등 우리의 이상한 행동에도 티비는 의심을 품지 않았다. 나는 티비에게 말했다.

우리 야옹이 정말 귀엽지, 우리 야옹이 정말 똑똑하지, 우리 야옹이 정말 완벽하지.

GPS는 문제없이 티비의 목줄에 채워졌다.

티비는 변신했다. 반 고양이, 반 우주인이 됐다. 빨간 불과 파란 불이 깜박거리고, 그 불빛에 수염이 색색으로 빛나는, 조종판을 목에 건 우주인. 웬디와 나는 서로 마주 보면서 소리를 내지 않고 입 모양만으로 축하의 말을 주고받은 뒤 티비를 자세히 들여다보았다. 이상한 일이 일어난 것을 티비는 알까? 티비는

아무 동요 없이 우리를 애정 어린 눈으로 쳐다보기만 했다.

나는 사진도 몇 장 찍었다. 기록할 만한 기념비적 순간이니까.

티비가 일어나서 기지개를 폈다.

문으로 갔다.

문지방에서 잠깐 멈췄다가 복도를 가로질러 계단을 내려 갔다.

내가 말했다. "됐어."

우리는 아이를 처음으로 유치원에 보내는 부모처럼 자랑스 러우면서도 쓸쓸하게 가만히 서 있었다.

티비의 꼬리가 아래로 내려가 보이지 않은 뒤에 내가 말했 다. "이제 어떻게 하지?"

웬디가 대답했다. "기다려야지."

별들 ↗

↙ 티비

6

12시간 뒤 티비가 돌아왔다.

내가 말했다. "무뇨 뿌뇨 무뇨 무뇨." ('안녕, 내 인생의 등불, 내 영혼의 고양이야'라는 뜻의 아기 말) 나는 티비를 내 무릎에 올렸다. "우리 미남, 어디 갔다 왔어?"

피비가 못마땅한 표정을 지어서 나는 턱을 긁어 주었다. 티비가 기분이 좋아져서 눈을 반짝일 때 목줄을 풀었다. GPS가 내 손에 들어왔다. 티비가 지나간 길이 초콜릿만 한 이 회로판에서 컴퓨터로 마술처럼 옮겨져서 모니터에 뜨는 광경이 벌써 내 머릿속에 그려졌다. 우리 집으로부터 금빛으로 빛나는 어느 지점까지 쭉 이어진 길. 주소를 알아내자마자 곧장 행동에 옮겨야지. 자동차에 재빨리 올라타서 그곳으로 달려간 다음에 덧대를 무기처럼 휘둘러야지. 나는 범인의 눈앞에 GPS를 흔들면서 말했다. "잡아떼도 소용없어. 여기 증거가 있다고."

나는 컴퓨터 앞에 앉을 준비를 했다. 한쪽 다리를 옆으로 빼서 덧대를 의자에 걸쳤다. 피비는 내가 준비를 마치기를 기다렸다가 마장 마술 경기에 나온 말처럼 내 허벅지에 폴짝 뛰어올랐다. 피비는 자기도 얼른 길을 보고 싶다는 듯 야옹거렸다. 하지만 내 생각에 피비는 이미 다 알고 있고 티비를 따라서 거기 간 적도 있을 것이다. 티비가 피비한테 자기가 뭘 했는지 다 말했을 것이라는 내 생각을 말하자 웬디는 희미하게 미소를 지으며 눈썹을 올렸다.

웬디의 표정은 '미친 고양이 족'이라 말하고 있었다.

나는 웬디의 말을 정정하고 싶었다. '미친 냥이 족'이라고.

나는 컴퓨터 키보드를 두드렸다. 피비는 내 무릎에 있었다. 티비는 내가 자기 쌍둥이 누이한테 점령된 것을 본 뒤, 깔개 위 자기가 좋아하는 자리로 갔다. 티비는 자기가 내 관심의 중심인 줄도 모른 채 깔개 위에 누웠다.

모니터에 불이 들어왔다. 나는 티비가 지나간 길을 볼 생각에 눈을 깜박였다. 한 줄로 이어진 길이 눈앞에 보일 것이라고 철석같이 믿었다. 그런데······.

알림 :

█████████ = 감춘 거리 이름

저자들도 사생활을 어느 정도
보호받아야 하지 않을까. 아닌가?

"맙소사!" 내가 말했다.

"맙소사." 웬디가 되풀이했다.

한 줄? 아니었다.

모니터에 비친 영상은 유치원생이 트윙키를 크레용과 같이

밟은 것 같았다. **대혼란.**

우리는 티비의 목줄에 다시 GPS를 걸었다. 티비가 또 외출
했다가 돌아왔을 때 나는 다시 GPS를 빼서 컴퓨터에 연결했다.
이번에는 분명히 한 줄이 나오겠지.

그런데······.

　　고양이가 마구 만들어 놓은 걸음들을 어떻게 읽어야 할지 나는 도무지 알 수 없었다.

　　도로를 가로질러 서쪽으로 난 선들을 따라가야 할까?

　　우리 집 주위 블록에 있는 핵 같은 것에 집중해야 할까?

　　집 없는 고양이들이 모여 사는 곳이 있는 동쪽으로 난 길을 보아야 하나?

　　머리가 어지러웠다. GPS를 충전하고 다시 티비의 목줄에 걸었다. 나는 양손을 양쪽 허리에 얹고 입을 부루퉁히 내민 채 티비에게 말했다. 제발 좀 확실한 결과를 가져오라고.

생각했던 것보다 훨씬 어려운 일이 될 것 같았다.

7

"**고**장이야!"

나는 탁자에 널린 종이들을 가리키며 소리쳤다. GPS 지도를 프린트한 종이들이었다.

웬디가 대꾸했다. "기계는 아무 이상 없는 것 같은데…….

그냥 자기가 인정하기 싫은 거 아냐? 저 수줍음 많고 안절부절 못하고 자기 옆에 있어야만 행복해 보이는 티비가 이렇게 활발 하게 살고 있는 것 같으니까……."

맞아.

"아니야. 내 말은 그냥 진짜 증거가 필요하다는 거야. 지도 에 있는 정신 나간 선들 말고."

나는 웬디에게 카메라가 필요하다고 말했다.

웬디가 코웃음쳤다. "고양이 카메라는 없어."

어머, 있어.

'캣캠'이 작은 봉투에 포장되어 도착했다. 지하실 작업대에 서 대충 조립된 것 같은 회색 상자 모양이었다. 웹 사이트의 설 명에도 정말로 지하실 작업대에서 만들어진다고 적혀 있었다. 독일어와 영어로 된 설명서에는 이 새로운 기기가 어떻게 만들

어졌는지 자랑하는 글이 적혀 있었다. 오랜 연구 끝에 1분에 한
장씩, 백 장을 찍게 됐단다. 카메라 작동 시간은 두 시간이니까,
범죄 현장에 있는 범인을 확실히 보기에 충분하다는 뜻이었다.
내 머릿속에는, 손에 참치 캔을 들고 있는 사람의 얼굴이 커다랗
게 나온 사진이 떠올랐다. 아니면, 수줍고 순진한 티비와 자기
음식을 나눠 먹고 있는 다른 고양이의 털 많은 뒷모습.

　음식을 함께 먹고 또 뭘 함께 할지…….

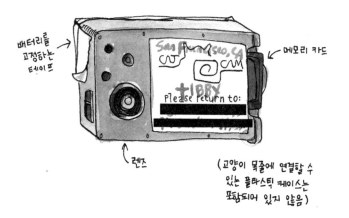

배터리를
고정하는
테이프

메모리 카드

San Francisco, CA
CAM
TIBBY
Please return to:

렌즈

(고양이 목줄에 연결할 수
있는 플라스틱 케이스는
포함되어 있지 않음)

우리의 추적 대상은 햇살 아래에서 낮잠을 즐기고 있었다. 우리가 다가가자 티비는 한쪽 눈을 떴다. 또 한 번, 과도한 찬사가 이어졌다. 순진한 척하는 표정과 몸짓도 이어졌다. 슬로모션으로 다가가는 접근도 되풀이됐다. 이번에도 새로운 테크놀로지 기기를 문제없이 달았다. 그렇지만 이번에는 티비가 조금 당황한 것 같았다. '이게 뭐지?' 하는 표정이었다. 무슨 어이없는 생각으로 이렇게 조잡한 걸 내 목에 걸어 놨어? 웬디와 나는 이번에도 사탕발림과 말뿐인 약속으로 티비를 달랬다. 와, 멋지다, 티비! 불쌍한 티비. 착하기도 해라, 우리 티비.

티비는 뽐내며 일어서서 계단을 내려갔다. 티비의 꼬리가 시야에서 사라진 뒤 내가 다시 말했다. "이제 어떻게 하지?"

웬디가 대답했다. "기다려야지."

웬디가 30분 뒤에 아래층으로 내려갔다. 티비는 소파에 누워 있고, 피비는 그 옆, 의자에 있었다. 카메라는 1분마다 찰칵거리며 계속 순간을 기록하고 있었다. 카메라 작동 시간이 낭비되고 있었다.

웬디가 위층에 있는 나를 향해 소리쳤다. "내가 티비를 밖에 내놓으면 실험을 망치는 걸까?" 우리는 망치지 않는다고 결론 짓기로 마음먹었다.*

웬디는 티비를 안아서 뒤뜰에 내놓았다. 웬디가 티비에게 말했다. "자, 숨겨 놓은 여자한테 가!" 그리고 웬디와 나는 아주 애써서 자신의 일을 시작했다. 우리는 스스로를 합리화했다. 우리는 최선을 다했어. 이제 카메라가 알아서 하게 내버려 둬야지.

나는 다리를 높이 두고 소파에 누워서 티비가 어디 갔을지 상상하는 일로 하루를 다 보냈다. 고양이한테는 영역이 있어. 그 영역이 아주 넓을 수도 있어. 나는 그런 말을 종종 들었다. GPS 결과로는 티비의 영역이 아주 넓지는 않았다. GPS 지도를 보면, 티비는 대개 우리 집이 있는 블록 주위만 돌아다녔다. 내가 늘 짐작하던 그대로였다. 티비는 흥분제를 먹은 냥이처럼 정신없이 돌아다녔다. 그래도 분홍색 선이 큰길을 가로질렀을 때도 많았다.

GPS가 '비정상적'으로 작동되기도 한다는 것은 나도 알고

---

*그 결론에 다다르게 된 합리적 과정은 다음과 같다.

웬디　：정말 그래도 실험을 망치지 않을까? 확신해?

캐롤린： 아니, 확신은 못 하지. 그래도 카메라가 계속 찰칵거리잖아. 티비를 쫓아내려 고 꼬드기는 게 아닌 척하면서 꼬드길 수 있어?

(자신 없이 꼬드기는 소리)

웬디　：꼼짝도 안 해. 지금 안아 들고 있어.

캐롤린： 알았어.

있었다. 도시에서는 특히 더 그럴 수 있다. 도시에서는 높은 빌딩, 좁은 골목, 관목 숲 등에 방해를 받아서 위성 신호가 혼선될 수 있다. 티비의 턱에 방해를 받았을 수도 있다. 도로 건너편까지 분홍색 선이 이어진 것은 위성 신호 혼선 때문일까? 아니면 티비가 정말로 두 블록 떨어진 곳까지, 아니 그 너머까지 돌아다니는 걸까?

나는 분열됐다. 한쪽으로는 티비가 집 가까운 곳에만 있기를 바랐다. 그러나 그렇다면 다섯 주 동안이나 집 근처에 있으면서 집에 돌아오지 않은 것은 티비가 나의 애타는 걱정을 무시했다는, 나아가서는 나를 무시했다는 뜻이 된다. 그래서 다른 한쪽으로는 티비가 멀리 가 있었다고 믿고 싶었다. 그 다섯 주 동안 나는 이웃의 미움을 살 때까지 밤마다 잠꼬대하지 않았나. "티비! 티비!" 티비가 가까이 있었다면 나의 외침을 못 들었을 리 없고, 당연히 그 소리를 듣고 집으로 돌아왔을 것이다.

논리: 그렇지만 티비는 돌아오지 않았어.

부정: 그러니까 내가 외치는 소리를 못 들었다는 뜻이지.

　　　고로, 티비는 내 소리가 들리지 않는 먼 곳에 있었지.

논리: 그렇지만 GPS 지도를 보면 그리 멀리 가지 않았잖아.

부정: 잠깐, 티비는 가까이 있었는데 붙잡혀 있었던 거야.

　　　그래, 어떤 사람한테 붙잡혀서 못 나온 거야.

논리: 그럼 왜 집에 돌아왔을 때 그렇게 건강하고 편안한

티비가 내 목소리를 들었을까?

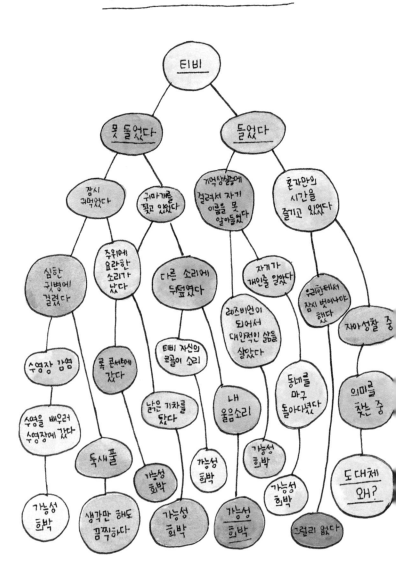

티비

못 들었다   들었다

잠시 귀먹었다   귀마개를 꽂고 있었다

기억상실증에 걸려서 자기 이름을 못 알아들었다

혼자만의 시간을 즐기고 있었다

심한 귓병에 걸렸다

주위에 요란한 소리가 났다

다른 소리에 뒤덮였다

자기가 개인줄 알았다

우리한테서 잠시 벗어나야 했다

자아성찰 중

수영장 감염

록 콘서트에 갔다

레즈비언이 되어서 대안적인 삶을 살았다

티비 자신의 코골이 소리

동네를 마구 돌아다녔다

의미를 찾는 중

수영을 배우러 수영장에 갔다

낡은 기차를 탔다

내 울음소리

가능성 희박

도대체 왜?

독새풀

가능성 희박

가능성 희박

가능성 희박

가능성 희박

가능성 희박

가능성 희박

생각만 해도 끔찍하다

가능성 희박

가능성 희박

그럴리 없다

상태였지?

부정: 모르겠고, 어쨌든 티비는 이제 그 다섯 주 동안 있었
던 곳에는 돌아가지 않아. 그러니까, 음, 아주 먼 곳
이지.

논리: 그렇지만 집에서 밥을 안 먹잖아. 다른 곳에 밥을 먹
으러 간다는 뜻 아냐? 잘 아는 데가 있는 거잖아.
GPS에 기록된 곳들 중에 있지 않을까?

부정: 아냐.

나 자신이 혼선을 빚고 있었다. 희망과 상처와 근거 없는 가
정의 분홍색 선들. 나를 비난할 수 있는 사람이 있으면 나와 보
라고 해! 우리는 13년을 같이 지냈어! 행복했어. 아니, 나는 행
복하다고 생각했어. 쓰다듬고, 빗질하고, 깨끗한 물을 주고, 소
파에 자리를 내주고, 침대에 자리를 내주고, 마음에 자리를 내주
고, 그렇게 보살피며 보낸 13년의 세월이 느닷없이 내팽개쳐졌
어. 신장 건강, 윤기 흐르는 털, 강한 발톱, 체중 유지, 요도 감염
방지, 치아 변색 방지, 촉촉한 코, 쫑긋한 귀, 쭉 뻗은 꼬리를 약
속하는 음식을 13년 동안 먹였는데 이제 그 음식은 웃음거리가
됐어. 13년 동안 베푼 사랑이 무시당했어.

왜?

티비가 새클턴처럼 세상을 탐험하기로 마음먹었는지도 모른다. 작위와 명예, 영광, 수많은 전기 서적, 여러 편의 영화 등을 불러올 모험, 빙하에 깃발을 꽂는 모험. 이런 새클턴의 모험에 해당하는 고양이의 모험 대결이 있지 않을까? 대륙을 횡단하고 산을 오르고 거센 파도를 헤친 뒤 마침내 의기양양하게 스스로를 자랑스러워하는 영웅적인 티비의 커다란 얼굴이 '냥이 영예의 전당'에 오르는 일이 있지 않을까?

아니면, 티비가 청소년기의 성욕을 뒤늦게 뿌리고 다녔는지도 모른다. 아미시파 교인 청소년들처럼 여태 못 보았던 넓은 세상에 몸을 던진 뒤, 이교도의 죄가 자신이 상상한 만큼 재미있지 않다는 사실을 깨달은 채 집으로 돌아온 게 아닐까?

아니면, 영적 여행이었을까? 자기 삶에서 활발한 시기는 이제 지나갔다는 사실을 직면했지만 삶의 의미는 여전히 찾고 싶었던 게 아닐까?

그 결과.

방랑 냥이.

꿈인지 실제인지 모를 이런 생각에 잠겨 잠들어 있었을 때, 우리의 영웅이 몇 시간의 외출을 마치고 집에 돌아왔다. 나는 부르르 몸을 떨며 잠에서 깨어 티비의 목줄에서 카메라를 뗐다.

내가 본 것은……

범인이었다.

"범인이 찍혔어!" 내 고함에 웬디가 달려왔다. 웬디는 내 뒤에서 사진을 보았다.

웬디가 말했다. "저거 나야."

나머지 사진들도 도움이 안 됐다. 티비는 마당에서 자리를 잡고 카메라 용량이 다 될 때까지 꼼짝하지 않기로 마음먹은 것 같았다.

'우리 집 벤치 밑에 있는 냥이' 사진들이 있었다.

'우리 집 하늘을 바라보는 냥이' 사진들이 있었다.

'우리 집 유리 문에 비친 냥이' 사진들도 있었다.

하지만 단서가 될 것은 전혀 없었다. 남극에 갔는지, 펜실베
니아 주 랭커스터에 갔는지, 오스트레일리아 오지에 갔는지, 아
무 증거도 없었다.

사진마다 티비의 수염이 프레임 안에 늘어져 있었다.

웬디가 말했다. "수염 귀여워."

8

우리는 카메라 셔터 간격을 조절하기로 결정했다. 1백 장이 찍히는 것은 변함없지만, 이제 촬영 간격은 5분으로 바뀌었다. 그러니까 티비의 하루 중에서 여덟 시간 반을 기록하는 것이다. 이제 티비의 비밀 생활을 확실히 엿볼 수 있겠지.

'우리는 카메라 셔터 간격을 조절하기로 결정했다'는 말의 실제 뜻은 '우리는 설명서를 이해하려고 무진장 애를 썼고 셔터 간격을 제대로 길게 늘인 게 맞기를 바랐다'이다.

이 카메라는 겉보기에 아주 작고 단순한 물건치고 복잡했다. '복잡했다'는 말의 실제 뜻은 '기계를 다루는 데 서툰 우리를 몹시 괴롭혔다'이다.

나는 카메라를 만든 사람에게 연락을 취했다. 자기 손으로 카메라를 만든 이 독일인은 기꺼이 나를 도우려 했다. 그러나 언어 장벽과 기계를 못 다루는 내 무능함 때문에 시간을 쏟은 것에 비해 진전은 거의 없었다. 마침내 웬디와 나는 이런 절망과 희망의 교차로에서 대부분의 사람들이 하는 일을 했다. 만든 사람에게 보낸 것이다.

우리는 새로 촬영한 사진을 다운로드했다. 마악에 처음 중

독된 사람처럼 다급했다. 카메라에 잡힌 이미지들은 전형적으로 다음과 같았다.

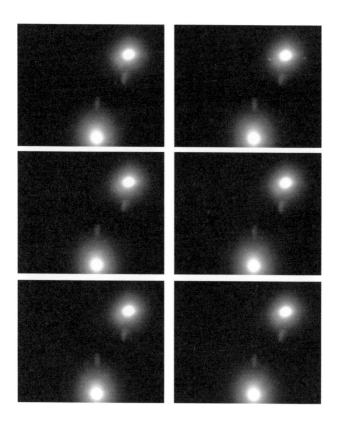

그렇다. 반은 천장에 달린 전구 사진이었다. 우리 집 천장 전
구. 나머지 반도 나을 게 없었다.

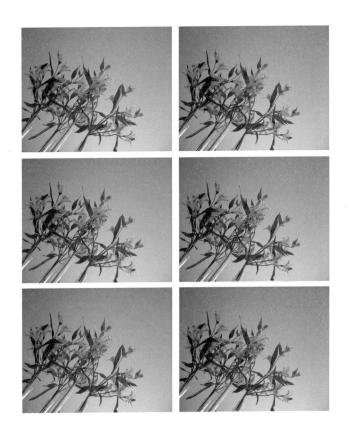

다음으로 촬영된 사진들에도 놀랄 것은 없었다. 액자에 든 그림만 계속 보이는 사진들이었다. 소파에 앉으면 바로 보이는 곳에 걸린 그림. 그 사진들을 보자 냥이의 코를 고는 소리가 내 귀에 쟁쟁했다. 그 사진들 다음에 기울어진 계단 사진들이 나왔다. 나는 희망에 부풀었다. 티비가 움직이면서 찍힌 사진이니까. 하지만 이어진 사진들은 또 다른 예술 사진 연작이었다. 푸른색의 희끄무레한 사진들. 손님방 오리털 이불에 누운 채 찍힌 장면들이었다.

웬디는 사진들을 실눈으로 보다가 고개를 끄덕이고, 그래도 값진 정보는 건졌다고 말했다.

내가 비죽거리며 말했다. "무슨 정보?"

"티비가 잠을 많이 잔다는 거."

한편 피비는 우리를 악의에 찬 시선으로 지켜보았다. 우리가 티비만 붙잡고 법석을 떨었으니, 인간에게 관심을 받는 정도를 재는 피비의 측정계에 관심 받은 시간을 입력하는 기능은 없다 해도, 피비는 그 상황이 못마땅했다.

피비

티비

뒤룩거리는 눈

나는 피비를 사랑하지만, 피비의 성격도 알고 있었다. 피비는 매력적이고 똑똑하며, 관심 받기를 좋아한다. 뚱뚱한 아이들과 피부 나쁜 남자애들한테는 말도 걸지 않고, 사람들 뒤에서 다 들리게 험담하고, 목발을 짚은 아이나 병에 걸린 아이를 놀리고, 못된 소문을 퍼뜨리고, 그 못된 소문을 같이 퍼뜨리도록 다른 애들을 부추기고, 용돈을 뺏고, 부모 직업을 거짓으로 속이고……. 그럼에도 불구하고 급우들한테서 사랑과 질투를 한 몸에 받는 여중생이 바로 피비였다.

티비는 두꺼운 안경을 쓴 남자애였다. 날마다 다른 애들한테 책을 걸어차여서 책이 진흙탕에 처박히는 남자애. 피비는 티비의 친구가 될 리 없었다. 그래도 쌍둥이니까 서로 사랑했을까? 잘 모르겠다.

거실에 들어서면 피비와 티비가 나란히 소파에 있는 모습이 보일 때도 있다. 내가 다가오는 소리에 피비와 티비는 똑같이 고개를 내쪽으로 기울이고 똑같은 표정으로 나를 보곤 했다. 어른들이 탁자에 모여서 앞에 마티니 잔을 놓고 길 아래 사는 매춘부 이야기를 떠드는데 갑자기 문간에 어린아이가 나타났을 때 어른들의 표정—아이는 눈을 비비며, 악몽을 꿔서 잠이 깼는데 잠이 안 와서 그러니 간식 좀 달라고 말하는데, 그때 어른들의 짓는, 반가운 척, 놀라운 척하며 아이는 모르는 어른들만의 비밀이 있다고 자기들끼리 자랑스러워하는 표정—이 모두 고양이들의 얼굴에 지나가는 것 같았다. 그러면 나는 동작을 멈추곤 했다. 나는 고양이의 세계를 잘못 알고 있었던 게 아닐까, 아주 부드럽게 표현해서 '버림받은' 게 아닐까 하는 생각에 사로잡히기 때문이다. 그러나 다음 순간, 피비가 일어나서 기지개를 켜고 나에게 인사하곤 했다. 그리고 피비가 주의를 주는 듯한 눈으로 티비를 보면, 티비는 내가 막아도 허둥지둥 도망쳤다. 그러면 피비는 내 무릎에 올라앉아 풍만한 몸을 둥글게 말고 사랑스러운 눈으로 나를 본다. 두 귀를 쫑긋 세우고 고개를 살짝 갸우뚱하며, 눈꺼풀이 창문에서 떨어지는 손수건인 양 눈꺼풀을 아래로 아래

뭐라고 하는 거야?

하나도 모르겠네.

로 내리며 눈을 감는다. 그것으로 피비의 비밀스러운 작전은 성공했다. 이제 내 마음에서는 의혹의 흔적이 싹 사라져서 핑크빛 거품이 뭉게뭉게 일고, 내 얼굴에는 맹목적이고 멍청하게 고양이에 대한 사랑이 가득한 웃음만 남는다.

디지털 사진을 몇 번 더 다운로드하고, 카메라를 만든 사람과 이메일을 몇 번 더 주고받은 뒤, 마침내 나는 내 실수를 인정했다. 카메라를 뺐다. 카메라에서는 아무 해답도 못 얻으리라. 그러나 질문은 여전히 남아 있었다. 티비는 어디서 밥을 먹을까?

티비가 먹을 것을 밝힌 적은 없었다. 그래도 여기는 샌프란시스코이고, 음식으로 잘난 체하는 사람이 늘 있다. 싸구려 부리토에 눈살을 찌푸리는 사람이 많다. 접시에 달리의 그림처럼 이상한 구조로 쌓이고 뒤틀리고 부풀리고 휘어진 음식이 극찬을 받곤 한다. 티비도 그렇게 되지 않았을까. 잠자던 티비의 미식가 본성이 집을 떠나 있는 동안 나타났는지도 모른다.

그래서 나는 체중을 조절하고 털에 윤기를 더하고 치아 미백을 돕고 귀를 쫑긋 세우고 꼬리를 쭉 편다는 사료를 치웠다. 새 음식을 스푼으로 떠서 깨끗하게 반짝이는 그릇에 담았다. 통통한 새우와 밝은 주황색 당근이 떠 있고 냄새가 어지러운 고양이 음식이었다. 나는 조명을 낮추고 은은한 음악을 튼 뒤, 저녁이 준비됐다고 사근사근히 티비를 불렀다. 티비가 누구한테 밥을 먹으러 가는지는 몰라도 내가 그 사람을 이기면 되니까.

티비가 코를 쳐들었다.

괜찮아.

나는 다른 캔(부드럽게 갈아 놓은 오리고기와 밝은 보랏빛 가지)을 따고 다시 한 번 사근사근히 불렀다. 티비는 이번에도 코를 쳐들었다.

또 되풀이. 또 되풀이.

24시간 동안 섭취한 음식 분석

음식	섭취
A. 물	소량 섭취. 처음에는 물을 보고 크게 야옹거림. 앞발로 물을 튀기고 집 곳곳에 물 발자국 남김
B. 건조 사료 1 (유기농, 비쌈)	섭취 안 함
C. 건조 사료 2 (색이 화려함, 값쌈)	섭취 안 함
D. 좋아하는 습식 사료	섭취 안 함
E. 참치 (알바코어)	소량 섭취
F. 개박하 간식	섭취 안 함
G. 좋아하는 간식	섭취 안 함

나는 퇴짜를 맞을 때마다 재잘댔다. "괜찮아. 다른 별미가 또 가는 중이야!"

며칠 동안 이렇게 계속했다. 그릇을 비우고 닦은 뒤 새로운 음식으로 다시 채웠다. 애써서 미소를 짓느라 얼굴에 마비가 오고, 짐짓 밝은 말투로 말하느라 목이 쉬고, 앞치마는 해어졌다. 마침내 나는 패배를 인정했다. 그릇에는 다시, 체중을 조절하고 털에 윤기를 더하고 치아 미백을 돕고 귀를 쫑긋 세우고 꼬리를 쭉 편다는 사료가 담겼다.

GPS를 다시 채웠다. 내가 새로운 스토킹 전략을 찾아내기 전까지 우리가 기댈 곳은 GPS뿐이었다. 새로 나오는 지도에서도 우리 집 주위 사방으로 뒤엉켜 뻗어서 해독 불가능한 선만 보일 뿐이었다. 카메라는 아무 단서도 주지 않아 쓸모없었다. GPS 결과는 이해할 수 없었다. 나는 더 나아갈 곳이 없었다.

나는 웬디에게 투덜댔다. "정보가 너무 많아서 해독할 수가 없잖아! 국가 안전 보장국 같아!"

웬디가 말했다. "그래도 한 걸음 진전했네."

내가 소리쳤다. "어디가?!"

"자기가 덜 우울해 보이니까."

사실이었다. 나는 점점 나아지고 있었다. 발목은 아주 느릿느릿 아물고 있는지 몰라도, 눈에 생기가 돌고 마음에는 목표가 생겼다. 사실, 생기는 광기였고, 목표는 강박이었다. 그래도 나는 천천히 확실히 내 삶으로 돌아오고 있었다.

과감한 일을 해야 할 때가 왔다고 생각한 것은 바로 이런 상태에서였다.

고양이 말을 배울 때가 됐다.

"음식?"

"못 알아듣겠어⋯⋯.
음식?"

"정말이지 무슨 말을
하는지 전혀 모르겠어.
음식?"

"맙소사, 시간 좀
걸리겠네."

9

동물 커뮤니케이션 강연을 들으러 오는 사람이 몇이나 될까? 네다섯? 기껏해야 열 명이 올 것 같지 않나?

틀렸다.

캘리포니아 주 마린 카운티에 있는 대학교 대형 강의실에서는 쉰 명이 강연 시작을 애타게 기다리고 있었다.

강의실 안은 침 소리, 몸을 들썩이는 소리, 금속이 쟁그랑거리는 소리로 북적였다. 서른 명쯤이 살아 있는 진짜 개를 데려왔기 때문이었다. 거기에 종이 사각거리는 소리가 섞였다. 개가 없는 우리 같은 사람들이 자기 반려 동물 사진을 움켜쥐는 소리였다. 내 무릎에는 2차원 티비가 놓여 있었다. 한쪽이 구겨진 얼굴에서 크고 촉촉한 외계인 눈이 나를 보고 있었다. 내 옆에서는 몸집이 육중한 검은색 뉴펀들랜드가 킁킁거리다가 서글프게 나를 쳐다보다가 바닥에 엎드렸다.

나는 그 뉴펀들랜드 종 개와 커뮤니케이션을 시도했다. '그래, 나도 알아. 인간들은 멍청하지.'

그날 그 강의실에는 내 두 가지 면이 다 있었다. 부정적인 나는 강의실에 온 사람 수를 세어서 강사가 버는 돈을 계산했다. 긍정적인 나는 티비의 사진을 뚫어져라 보면서 티비에게 말했다. '드디어 밤에 우리가 대화를 나눌 수 있어.'

강사는 과학자였다. 자신은 '동물과 말하기'에 과학적으로 접근한다고 말했다. 과학적으로, 인간과 동물의 커뮤니케이션을 누구나 할 수 있다는 결론에 이르렀다고 한다.

강사가 말했다. "동물한테 말할 때 필요한 것은 사랑입니다. 그리고 생각이 따라야죠."

그리고 말했다. "생각은 시각화될 때 가장 강력합니다."

그리고 말했다. "커뮤니케이션에서 수신자가 될 때에는 마음을 열어야 합니다. 생각을 걸러서는 안 돼요. 인지하고 기록해야 합니다."

그리고 말했다. "머릿속에 가장 먼저 떠오르는 게 동물이 보낸 생각일 겁니다."

그리고 말했다. "이렇게 하려면, 우선 내가 미쳤다는 생각을 치워야 합니다."

그다음, 강사는 질문이 있냐고 물었다. (부정적인 내가 긍정적인 나한테 물었다. "너 미쳤니?" 그리고 사악하게 웃었다.) 정말 질문하는 사람이 있었다. 젊은 여자가 손을 들었다. 고양이가 얼마 전에 세상을 떠났는데 어떻게 하면 대화할 수 있을까요?

강사는 자신도 슬픈 듯 고개를 끄덕이며 말했다. "고양이한테 말을 걸 때 모두 과거형 문장을 쓰세요."

코요테와 대화하는 법을 묻는 사람도 있었다. 개와 고양이가 서로 대화할 수 있는지 묻는 사람도 있었다.

강사는 가까이에 있는 비글 옆으로 갔다. 비글을 바닥에서 들어 팔에 안았다.

졸린 눈, 늙은 코, 맥 빠진 표정의 비글이었다. 강사는 그 비글이 자기 개라면서 그 개랑 대화하라고, 시각화된 생각을 하나라도 얻기를 바란다고 했다.

다음에 벌어진 일들.

강사는 비글한테 사랑의 감정을 보내고, 질문을 해도 좋을지 허락을 구했다. 그리고 비글에게 부탁했다, 우리 모두에게 자기소개를 하라고. 아니, 강사의 말에 따르면 그런 일이 벌어지고 있는 것이었다. 하지만 내가 보기에는, 강사가 그저 비글을 뚫어져라 보고 있을 뿐이었다. 비글 몸에 있는 벼룩을 남몰래 찾아보고 있었는지도 모른다.

우리는 비글이 보내는 자기소개를 받아서 글로 적어야 했다. 인간의 친구 개한테서 전갈이 오기를 모두가 기다렸다. 강사가 말했다. "명심하세요. 머릿속에 처음 떠오르는 생각이 개가 보낸 메시지일 수 있어요."

내가 적었다. '졸린 눈, 늙은, 카펫, 아스파라거스, 싹 양배추, 빨간 재킷.'

무슨 뜻이지? 전혀 알 수 없었다. 지난밤에 아스파라거스와 싹 양배추를 요리했고, 오늘 빨간 재킷을 입을까 말까 고민했다. 카펫은 집에 깔려 있다. 내 머릿속에 떠오른 이런 생각들이 비글의 삶이 아니라 내 삶에 대한 정보가 아닐까? 그럴 수도 있어. 그래서 쓴 것을 크게 읽으라고 강사가 말할 때, 나는 현명하게 침묵을 지켰다.

사람들 입에서 나온 말 몇 가지.

먹는 걸 좋아해요!

밖에 나가기를 좋아해요!

개를 좋아해요!

거꾸로 안기는 걸 싫어해요!

강사가 점점 흥분하는 게 눈에 보였다.

베란다에 나가서 놀아요!

풀밭에 나가서 놀아요!

다른 개들이랑 놀아요!

강사는 즐거움에 들떠서 손뼉을 쳤다.

강사가 말했다. "놀라워요! 다 딱 맞아요."

부정적인 내가 속으로 말했다. "정말?" 내 가까이에서 작은 흰색 개가 작은 분홍빛 코를 이리저리 돌리며 돌아다니고 있었다. 개가 입은 조끼에는 반짝반짝하는 글자로 '응석받이'라 적혀 있었다. 부정적인 나는 손을 쳐들려 했다. 저 인상들은, 음, 어떤 개에게나 공통되는 특징이라고 지적하고 싶었다. 하지만 긍정적인 내가 말렸다. 분위기 깨면 안 된다고. 부정적인 나는 부루퉁해져서 입을 다물었다.

이제 동물한테 말할 순서였다. 나는 무릎에 올려놓은 티비의 사진 속 얼굴을 뚫어져라 보았다. 정신을 집중하고, 마음을 열고, 사랑의 감정을 보냈다. 나는 티비의 대답이 반드시 금방 올 것이며 아주 특이한 대답일 것이라고 스스로를 다독였다. 티비의 대답을 알아듣고 기록하는 게 내 임무야!

드디어 내가 티비에게 던진 질문.

'대화 좀 할까?'

티비는 사진이 접혔던 곳, 한쪽 눈 근처가 하얗게 구겨진 채 한동안 나를 보고만 있었다.

갑자기 머릿속에 생각이 몰려왔다.

티비가 물었다. "웬디가 계속 같이 지낼까? 안락의자를 하나 더 사야 할까? 진정은 할 거야?"

나는 '시각화된 생각'으로 티비에게 되물었다. "진정? 내가 진정을 못하고 있는 것 같아?"

"그다지. 요즘 온갖 일들을 다 걱정하고 있잖아. 미래도, 과거도. 미래나 과거에 뭐 그리 대단한 게 있다고 그렇게 걱정을 해?"

"글쎄, 나도 모르겠어. 인간의 걱정이라는 게 다 그렇지 않을까."

티비가 대꾸했다. "그럼, 인간은 멍청하네."

나는 '기분이 상한 시각화된 생각'으로 말했다. "이봐, 그 인간이 13년 동안 너를 돌보고 먹여 살렸잖아."

티비는 그 말에 대꾸하지 않고 다른 질문을 던졌다. "다친 데는 어때? 낫기는 낫는데?"

나는 티비가 마음을 써준 것에 감동하며 한숨을 쉬었다. "나도 그 답을 알았으면 좋겠어."

침묵.

내가 티비에게 말했다. "강의가 끝나네. 이제 그만 갈게."

티비가 말했다. "인간들이란, 늘 그렇게 바빠. 있지, 이번에 부상을 입은 건 아주 잘된 일이야."

내가 말했다. "정말?" 그러나 티비는 벌써 사라지고 없었다.

강사가 수강생들에게 말했다. "잘했어요! 정말 성공적이었어요." 나는 그다지 믿기지 않았다. 내가 정말 티비랑 대화했을까? 그냥 혼자서 생각을 주고받은 게 아닐까?

그날 밤, 나는 티비의 눈을 뚫어져라 보았다. 그날 배운 것을 실행하려 했다. 내가 티비를 뚫어져라 보자, 티비도 나를 뚫어져라 보았다.

아무 일도 일어나지 않았다.

결국 그 놀이가 재미 없었는지, 티비는 머리를 앞발에 대고 잠들었다.

10

한편 티비의 쌍둥이 누이 피비는 늘 우리에게 말을 했다. 피비의 야옹 소리를 분석한 결과는 다음과 같다.

고양이 말	인간 말로 번역한 내용
야옹	안녕
야옹	일어나. 일어나. 일어나. 일어나. 일어나. 일어나. 일어나. 일어나. 일어나.
야옹	선물을 가져왔어. 카펫에 온통 피를 묻혀서 미안해.
야옹	사람 잔에 있는 물이 더 맛있네.
야옹	왜 그 초콜릿을 혼자 다 먹어?
야옹	욕실 문이 닫혀 있으면 사람이 들어가 있는 거라는 사실은 나도 알아. 그런데 왜 문을 닫아?
야옹	캐롤린은 부족한 데가 많은 사람이지만, 그래도 사랑해.

그런데 꼭 알아들어야 할 말 하나는 못 알아들었다.

"아파."

전날 피비는 어딘지 불편해 보였다. 그래도 우리가 쓰다듬으면 가르랑거리고, 음식도 다 먹고, 냥이 눈짓으로 애교를 부렸다. 나는 웬디에게 아무 문제도 없다고 말했다. 우리는 주말 계획을 세웠다.

화창하고 아름다운 오후였다. 맑은 날을 즐기려고 집을 나섰다. 나들이! 웬디의 말이 옳았다. 기분이 한결 좋아졌다.

저녁이 되어 집으로 돌아오자, 피비가 안 보였다.

웬디가 피비를 불렀다. "피비? 피비?"

우리는 고양이 발소리를 기다리며 귀를 기울였다.

안 들렸다.

나는 계단을 절뚝절뚝 올라갔다. 침대에서 피비가 좋아하는 자리를 보았다. 없었다. 피비가 좋아하는 의자를 보았다. 없었다. 티비는 보였다. 티비는 서재 한가운데에 앉아 있었다. 나를 보는 티비의 눈길에 나는 왠지 가슴이 철렁 내려앉았다.

"피비, 피비." 처음에는 침착하던 내 목소리가 점점 초조하게 높아졌다. 욕실 매트에 소변이 웅덩이를 이루고 있었다.

마침내 피비를 찾아낸 곳은 옷장 뒤였다. 피비의 얼굴이 먼저 나오고, 이어서 앞발이 나왔다. 그렇게 몸을 조금 내밀고는 푹 쓰러졌다.

나는 목발을 내려놓고 바닥에 엎드렸다. "어떡해, 어떡해, 어떡해, 어떡해."

피비를 당겨서 끌어안았다. 피비는 몸도 못 가누고 휘청거렸다. 초점을 잃은 피비의 눈을 보며 나는 울부짖었다. "피비! 피비!"

웬디는 비틀거리며 전화기로 가서 동물 병원에 전화했다.

우리는 24시간 문을 여는 응급실로 차를 몰았다. 나는 중환자실 뒤에서 몇 시간을 기다리게 될 줄 알았다. 그러나 수의사 조수가 캐리어 안을 들여다보고 인상을 쓴 뒤 안으로 휙 가져갔다. 조금 뒤에 수의사와 조수가 나왔다.

기억나는 말은 "복부에 큰 덩어리"와 "아주 심각합니다"밖에 없다. 수의사는 우리를 진찰실로 안내한 뒤, 우리가 위험에 처한 양 나지막한 목소리로 말했다.

나는 계속 웬디에게 말했다. "어떻게 이럴 수가 있어?" 피비의 몸속에 종양이 자라는데 어떻게 나는 몰랐을까. 그렇게 중요하고 심각한 일을 어떻게 나는 놓쳤을까.

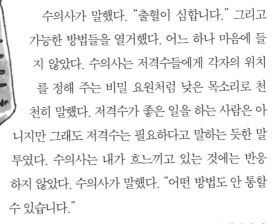

수의사가 말했다. "출혈이 심합니다." 그리고 가능한 방법들을 열거했다. 어느 하나 마음에 들지 않았다. 수의사는 저격수들에게 각자의 위치를 정해 주는 비밀 요원처럼 낮은 목소리로 천천히 말했다. 저격수가 좋은 일을 하는 사람은 아니지만 그래도 저격수는 필요하다고 말하는 듯한 말투였다. 수의사는 내가 흐느끼고 있는 것에는 반응하지 않았다. 수의사가 말했다. "어떤 방법도 안 통할 수 있습니다."

나는 얼굴을 가린 티슈 사이로 말했다. "피비가 고통을 느끼지만 않으면 돼요. 선생님 고양이라면 어떻게 하시겠어요?"

실제로 내 입에서 나온 말은 "비비아 오동으 으히히 아으며 애여"였다. 그래도 수의사는 흐느끼는 소리를 번역하는 데 익숙했다.

수의사가 말했다. "보내겠습니다."

보내? 잘못 들었겠지? 아이를 유치원에 보내고, 애인을 직장에 보내고, 마음에 안 드는 사람은 마음에서 멀리 보낼 수 있지. 하지만 다 돌아오고, 돌아오게 할 수도 있잖아. 하지만 피비를 보낸다는 말은, 영원히 보낸다는 뜻이잖아.

피비는 케이지에 축 늘어져 있었다. 동공이 풀려 있었다. 숨을 쉴 때마다 끙끙거렸다. 우리는 피비를 달래고 손가락으로 가볍게 뺨을 어루만졌다. 보내? 동물 보호소에서 데려온 것이 어제 같은데……. 내 손바닥에 다 들어올 만큼 작았을 때가 어제 같은데…….

나는 피비와 대화하려고 애썼다. **내가 어떻게 하면 좋겠어?** 나는 피비가 바라는 대로 해 주고 싶었다. 그게 피비한테 최선일 테니까. 인간은 그 사람이 바라는 것과 그 사람에게 최선인 것이 일치하지 않게 마련이지만, 동물의 경우에는 그 두 가지가 같을 때가 많다.

피비는 계속 신음했다. 나는 손바닥에 얼굴을 파묻었다. 숨을 깊이 들이쉬었다. 그리고 말했다.

"보내세요."

웬디가 작은 방으로 피비를 데려갔다. 나는 불을 껐다. 웬디는 조심스레 내 팔에 피비를 안겼다. 피비는 너무도 가벼웠다. 언제 이렇게 가벼워졌지?

수의사가 말했다. "준비되면 말씀하세요." 마치 커피를 내놓을 사람인 양 무심한 말투였다. 나는 피비를 안은 팔을 살살 흔들며 흐느꼈다. 피비를 가슴에 꼭 품고 피비에게 이런저런 말을 속삭였다. 나는 피비를 내 품에 더 오래 두고 싶었다. 하지만 피비는 극심한 고통을 느끼고 있었다.

준비되면? 준비되는 때는 절대 오지 않아요! 나는 하늘을 향해 소리치고 싶었다.

하지만 말했다. "준비됐어요."

피비는 순식간에 죽었다. 약이 아주 효과적이었다.

웬디가 나에게 말했다. "떠났어." 웬디는 내 품에서 축 늘어진 피비의 몸을 가져갔다.

나는 정신없이 말했다. "어디로? 어디로 떠났어?"

바로 그저께만 해도 웬디의 팔에서 몸을 동그랗게 말고 애교를 부리던 피비가……. 바로 어제만 해도 내가 턱을 간질이자 면도하는 노인처럼 얼굴을 우그러뜨리던 피비가……. 바로 간밤만 해도 간식으로 참치를 먹던 피비가…….

잠깐만. 피비의 목줄에 카메라와 GPS를 달아야 해.

잠깐만! 잠깐만 기다려요!

그러나 피비는 떠났다. 우리는 그 뒤를 추적할 수도 없다.

11

13년을 함께 지냈지만, 내가 집에 돌아왔을 때 티비의 인사를 받은 적은 한 번도 없었다. 그런데 그날 밤 티비는 계단 꼭대기 근처에 앉아 있었다. 고양이의 얼굴에는 근육이 많지 않아서 고양이는 호모사피엔스처럼 우는 표정을 짓기보다 표정을 드러내지 않기 마련이라고 흔히 말한다. 그런데 티비의 외계인 눈 동공은 커져 있고, 꼬리는 바닥에 늘어져 있었다. 두 앞발은 한데 모은 채 한쪽 발을 앞으로 살짝 내밀고 있었다. 마치 뛰어오르기 직전인 발레 무용수의 양발 같았다. 등의 털은 곤추서 있었다. 티비에게 얼굴 근육은 필요 없었다. 티비가 나에게 질문을 던지고 있음이 더없이 분명했다.

피비는 어디 있어? 내 쌍둥이 누이는 어디 있어?

내가 목발을 짚고 서 있는 동안 티비는 나를 계속 쳐다보았다. 내가 뺨에 흐른 눈물을 훔치는 동안 티비는 나를 계속 쳐다보았다. 내가 흐르는 콧물을 소매에 닦는 동안 티비는 나를 계속 쳐다보았다. 웬디가 나타나서 내 옆에 섰을 때에는 티비가 웬디도 쳐다보았다.

그러다가 티비가 별안간 일어서서 서재로 갔다. 잠시 후, 다시 나타난 티비는 우리를 한 번 흘깃 본 뒤 손님방으로 가서 방 귀퉁이들과 의자 밑을 들여다보았다. 그렇게 손님방 구석구석 을 살핀 뒤 방에서 나온 티비는 바닥에 앉아서 파바로티처럼 깊 게 야옹 소리를 냈다. 웬디와 내가 깜짝 놀랄 만큼 아주 크고 몹 시 성난 야옹 소리였다.

웬디가 티비에게 말했다. "피비는 떠났어."

그러나 티비는 다른 방을 살펴보려고 일어섰다.

티비는 며칠 동안 피비를 찾아다녔다. 그 사실을 우리가 알 수 있었던 것은 티비의 목에 아직 걸려 있는 GPS 때문이었다. 분홍색 선은 이제 냥이의 슬픈 이야기를 들려주었다.

처음에 티비는 집 안과 주위를 찾아다녔다. 뒤뜰과 거실과 위층에 원들이 얽혀 있었다.

부정 부정은 엘리자베스 퀴블러 로스의 슬픔의 다섯 단계 중에서 첫 단계다. 슬픔에 충격을 받은 사람은 먼저, 끔찍한 뉴스를 믿지 않으려 한다.

티비의 행적은 점점 격렬해졌다. 티비는 웬디의 말도 듣지 않고 내 말도 듣지 않았다. 고개를 숙이고 꼬리를 움찔거리고 눈을 정처 없이 돌리며 걸어 다녔다.

분노 이 단계에서는 감정적 동요를 겪는 사람이 <u>스스로</u>에게 화내고 다른 사람에게도 화낼 수 있다. 이 때 화내는 대상이 되는 사람은 자신과 가까운 사람일 경우가 많다.

다음 지도로 갈수록 선들은 안으로 집중됐다. 붕괴하기 직전의 블랙홀 같았다. 티비는 더 이상 뒤뜰을 걸어 다니지 않았다. 찾아다니는 곳이 집 안으로 좁혀졌다. 그러다가 티비가 걸어 다니는 시간은 더 줄어들고 누워 있는 시간은 늘어났다.

협상 티비에게서는 협상 단계가 명확히 보이지 않았다. 다만, 집과 그 근처를 떠나지 않는 것을 보아 '내 누이가 돌아온다면 더 이상 떠돌아다니지 않겠습니다' 하는 뜻으로 협상 단계를 드러내지 않았을까.

선은 가늘어져서 겹치는 삼각형이 되었다. 티비의 기운이 소진하고, 피비를 어디서도 찾을 수 없다는 생각이 서서히 티비의 머릿속에 들어왔기 때문이다.

마침내 13번째 지도에서 선이 멈췄다. 티비는 움직이지 않았다. 열 시간 동안 티비의 움직임을 기록한 선은 슬픈 사다리꼴 하나를 이루었다.

우울 티비는 포기했다.

그사이 인간도 잘 지내지 못했다. 내 가슴에는 피비 형태의 구멍이 뚫렸다. 소파에 누워 있다가 흠칫 놀라며 깨어나곤 했다. 내 목에 기댄 피비의 머리를 확실히 느꼈기 때문이다. 그러나 피비는 없었다. 피비의 느낌, 피비의 무게와 온기, 실재하지 않고 뇌에 굳게 남은 기억.

집을 나갔던 고양이는 집에 있다. 집을 나가지 않았던 고양이는 영원히 떠났다.

피비의 재는 아무 장식도 없는 나무 상자에 담겨 왔다. 나는 웬디에게 말했다, 내가 마음의 준비가 되면 그때 뒤뜰에 뿌리자고. 마음의 준비가 영원히 안 될지도 모른다는 말은 웬디에게 하지 않았다.*

웬디는 멍하게 서성거렸다. 그때껏 웬디의 삶에서는 동물이 큰 자리를 차지하지 않았다. 그러나 이제 웬디는 눈물을 훔치며 중얼거렸다.

웬디는 허공에 대고 말했다. "피비가 보고 싶어."

---

*우리 아버지가 샌프란시스코로 이사했을 때, 아버지는 당신의 반려 동물 재들도 다 가져왔다. 재들은 갖가지 화려한 상자와 봉지에 담겨 있었다. 아버지는 나에게 말했다. 아직 재를 뿌리지 못했지만 조만간 뿌리겠다고. 아버지가 세상을 떠났을 때, 나는 여전히 봉해져 있는 온갖 항아리들을 모았다. 물론 아버지 당신의 유골 항아리도 있었다. 안녕 몰리. 안녕 비디. 안녕 트위기. 안녕 클레오. 안녕 프루. 안녕 이티 비티 키티. 안녕 아빠. 나는 보드라운 재에 손을 넣은 뒤 꽃들 위에 흩뿌리며 기침을 했다. 아버지 당신 손으로는 차마 할 수 없었던 일을 그렇게 내가 대신 마무리했다.

웬디는 집의 정적을 향해 속삭였다. "피비가 보고 싶어."

웬디는 내 팔을 꽉 쥐고 눈물이 그렁그렁한 눈을 깜박이며 나에게 말했다. "피비가 보고 싶어. 냥이 불빛이 꺼진 것 같아."

내가 물었다. "고양이 불빛이라고 말한 거지?"

웬디가 훌쩍이며 말했다. "아니, '냥이' 불빛."

12

몇 주가 흘러갔다. 지도가 서서히 다시 빛나기 시작했다. 분홍색 선은 요동치는 심전도처럼 더 크고 넓게 되살아

수용 티비는 다시 움직이기 시작했다.

났다.

"이제 어떻게 하지?" 나는 웬디를 보며 심드렁하게 물었다. 이 모험을 계속해야 할까? 피비의 죽음으로 웬디와 내 안에서 무엇이 빠져나갔다.

그래도 나는 내 마음에 가라앉은 납덩이에서 눈을 돌리고 싶었다.

웬디가 우물우물 말했다. "동물 탐정을 부를까? 짐 캐리 같은⋯⋯."

농담이겠지. 동물 탐정? 그런 사람이 실제로 있을 리 없잖아. 그래도 인터넷에 접속했다. 이럴 수가! 동물 탐정이 수만 수억이나 있었다.

'미국에서 최고로 유명한 동물 탐정'도 보았다. '심령술 동물 탐정 일렉트라'도 보았다. '경찰 출신 동물 탐정'도 보았다. '실종 반려 동물 최고 전문가 동물 탐정'도 보았다. '사라진 반려 동물 탐정단'이라는, 안타깝게 이름을 잘못 지어서 탐정들이 사라진 것처럼 느껴지는 집단도 있었다.

나는 열심히 인터넷을 팠다. 그래서 동물 탐정에 대해서 알아낸 것들은⋯⋯.

- 카키색을 좋아한다.
- FBI 프로파일 기술을 이용한다.

경찰 출신 동물 탐정

사라진 반려 동물 탐정단

심령술 동물 탐정

세계에서 최고로
유명한 동물 탐정

- 가장 효과적인 포스터 크기와 위치를 알고 있다.
- 전단을 배포하는 방법에는 최적의 것이 있다.
- 대개는 동물 탐정의 재능을 아주 어릴 때 처음 깨달았다.
- 고객의 동물을 추적할 때 개를 이용하는 탐정이 많다.
- 육감을 이용하는 탐정들도 있다.
- 염력을 쓰는 탐정도 한둘 있다.
- 축 늘어진 모자를 쓴다.

FBI 프로파일 기술은 뭐죠? 나는 심령술사 동물 탐정과 통화할 때 그 질문을 던졌다. 심령술사 동물 탐정은 초능력을 쓰면서도 FBI 프로파일 기술이라는 전통적인 수사 방법도 쓴다고 했다. 탐정은 불분명한 말투로 대답했다. "반려 동물의 성격에 (성격에) 대해셔(대해서) 실문해요(질문해요). 수사하는 경찰처럼요." 그 불분명한 말투가 일부러 꾸민 것인지 아닌지는 나도 모르겠다.

내가 캐물었다. "그럼, 냥이 프로파일 데이터베이스도 있나요?"

탐정이 대답했다. "아뇨, 아뇨, 우리는 경험에 의숀하죠(의존하죠). 예를 들어서 손님 고양이가 예전에 사라졌던 것은 정신이 (정신이) 나가서 집을 못 챠는(찾는) 거예요. 그게 고양이의 특성이죠(특징이죠)."

"우리 고양이는 살도 찌고 편안한 모습으로 집에 돌아왔는

걸요. 정신이 나가지 않았어요. 요즘도 밖에 나갔다가 잘 돌아와요."

탐정은 딴전을 부렸다. "그르쵸 그르쵸(그렇죠 그렇죠). 정신이(정신이) 확 나갔죠."

나는 다른 동물 탐정에게 이메일을 보내서 상황을 설명하고 도와달라고 했다. 고양이! 비행기 사고. 고양이 행방불명! 상심. 고양이 귀환! 추적! 도와주시겠어요? 동물 탐정은 내 상황을 못 알아들었는지, 잃어버린 고양이에 대한 질문지에 내용을 적고 돈을 보내라고 했다.

나는 다시 설명했다. 우리 집 고양이는 지금 잃어버린 상태가 아니라 전에 잃어버렸던 것이라고. 그러나 이 탐정은 '전에 잃어버렸다'는 말뜻이 혼란스러웠는지, 아니면 내 일이 마음에 안 들었는지, 자기는 진짜 잃어버린 고양이를 찾아야 한다고 말하고 연락을 끊었다.

다음 동물 탐정은 아예 답을 보내지 않았다. 웬디가 놀렸다. "미친 사람이 장난친 줄 알걸."

내가 되받아쳤다. "자칭 '동물 탐정'이라는 사람이 다른 사람한테 미쳤다고 말할 수 있을까?"

마침내 나는 개를 이용해서 반려 동물을 추적하는 동물 탐정과 연락됐다. 그 탐정이 말하기를, 티비가 집을 나갔을 때 길에 남긴 냄새는 이제 다 사라졌을 테니 그때 티비가 어디에 있었는지 정말 알아내고 싶다면 GPS 추적기에 집중하란다.

그래서 나는 도서관으로 절뚝거리며 가서 『탐정의 비밀, 탐정처럼 수사하는 법』이라는 책을 대출했다. 그 책을 읽고 알아낸 것은…….

- 티비는 다른 곳에서 밥을 먹고 있었다.
- 그곳은 티비가 예전에 살았던 적이 있는 장소다.
- 그곳은 우리 집 소리가 들리지 않을 만큼 우리 집과 떨어져 있다. 우리 집을 중심으로 두 블록 거리부터 스무 블록 거리까지 범위에 넣을 수 있다.

웬디가 그 목록을 보고, 잠시 아무 말이 없었다. 이윽고 웬디의 입에서 나온 말. "확실히 증명된 건 아무것도 없잖아."

나는 콧방귀를 뀌었다. "이게 연역적 추리라는 거야." 그리고 탐정 책을 들고 흔들었다.

웬디는 손가락으로 세 번째 항목을 짚으며 말했다. "글쎄, 이건 특히……. 우리 집 소리가 들리지 않을 만큼 떨어져 있다, 두 블록 거리부터 스무 블록 거리까지. GPS에서는 티비가 스무 블록이나 떨어진 곳까지 갔다고 나온 적 없잖아."

나는 '침착하게' 웬디에게 말했다. "내가 밤마다 티비 이름을 소리쳐서 불렀어! 내가 부르는 소리를 들었으면, 티비는 집에 왔을 거야, 틀림없이. 내가 울고 있었잖아! 티비가 나를 무시했을 리 없어. 그것도 5주 동안이나. 내가 울기까지 했는데! 우리는 13년을 함께 지냈다고! 그래서, 그러니까, 확실해!" 내 말투는, 마치 내가 선생이고 웬디는 학생인데, 너는 진도를 못 따라가니 1년 유급해야 한다고 말하는 것 같았다.

웬디는 나의 '빈틈없는 논리'에 감명을 받은 것 같았다.

"알았어." 마침내 웬디도 인정했다. 무기를 들고 숨어 있는 사람을 달래는 듯한 부드러운 말투였다. 그리고 웬디는 내 어깨에 손을 얹고 내 눈을 깊이 들여다본 뒤 말했다. "이제부터는 내가 맡을게."

13

이제 웬디가 끼어들 때였다. 점쟁이, 카메라, 동물 커뮤니케이션 강의, 동물 탐정. 내 아이디어들은 다 실패였다.

웬디가 말했다. "GPS 지도로 돌아가자. 지금 있는 지도가 스물두 장이야. 거기 답이 있을 거야."

내가 한탄했다. "그런데 그 지도들은 알아볼 수도 없잖아!"

사실이었다. 정보가 너무 많았다. 정말 너무 많았다. 분홍색 선의 형태와 크기는 증거라기보다 추상화 같았다.

↑ 티비 작

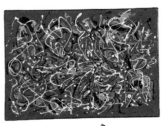

↑ 잭슨 폴록 작

웬디는 내 무릎을 도닥이며 말했다. 맞다고, 잦은 맥박을 기록한 심전도처럼 들쑥날쑥하다고.

맞다고, 위성 신호는 건물, 덤불, 티비의 턱에 반사 되어 비정상적인 선을 그릴 수 있다고.

맞다고, 이 수준에서는 우리가 아무리 열심히 지도를 들여다보아도 이 뒤엉킨 선에서 단서를 찾기는 불가능하다고.

웬디가 말했다. "그렇지만 다른 방법이 있어."

웬디는 나를 컴퓨터 앞으로 내몰았다. 내가 팔짱을 끼고 입을 비죽 내밀고 있었지만, 웬디는 그런 내 모습에는 아랑곳없이 신참 승무원을 가르치는 고참처럼 나를 컴퓨터 앞에 앉혔다. 내 옆에 웬디도 앉았다.

웬디가 키보드를 누르고, 모니터에 불이 들어왔다. 첫 번째 지도를 열었다. 불꽃놀이의 불꽃처럼 지도가 확 열렸다. 분홍색 선들, 녹색 나무들, 화면을 가로질러 밖으로 뻗어나갈 것 같은 회색 도로들.

웬디는 두 번째 지도도 열었다. 역시 불꽃처럼 열렸다. 웬디는 계속 마우스를 움직이며 클릭했다. 불꽃 링을 통과해서 사자가 나타나고 또 나타나게 하는 서커스 단장의 능숙한 손놀림으로 웬디는 마우스를 계속 지휘했다. 마침내 웬디가 등을 의자 등받이에 기댔다. 두 번째 지도에서 거리와 나무와 집은 흐릿해지고 분홍색 길만 남았다.

웬디는 그 지도를 첫 번째 지도에 얹었다. 우리 동네를 배경으로 두 가지 길이 겹쳐졌다.

웬디는 세 번째와 네 번째 지도에도 그런 마술을 부리고, 다섯 번째, 여섯 번째 지도에도 계속했다. 마우스를 움직이고 클릭하며, 지도에서 티비가 지나다닌 분홍색 선만 남기고 나머지를 모두 반투명하게 지웠다. 그다음, 지운 지도를 앞의 지도 위에 놓았다. 이렇게 지도들이 깔끔하게 합쳐졌다.

티비의 흔적 모두가 우리 눈앞에 하나로 나타났다.

내가 소리쳤다. "굉장하다!" 다른 세기에 살고 있다면 웬디를 마녀 대표로 마을 자치회에 출마시켰을 것이다. "그래도 아직 그냥 막 엉킨 선뿐인걸."

웬디가 명령했다. "선이 제일 두꺼운 곳들을 손가락으로 짚어 봐."

나는 실눈을 뜨고 몸을 앞으로 기울인 뒤 모니터 화면에 살짝 손가락을 댔다. "여기. 그리고…… 여기?" 또 손가락을 댔다. "또 여기?"

웬디가 고개를 끄덕이고, 내가 손가락으로 가리킬 때마다 그 자리에 파란 점을 만들어서 놓았다.

웬디는 다음 여섯 장의 지도도 모아서, 모두 투명하게 만들어서 한 더미로 합쳤다. 그리고 다음 여섯 장도 그렇게 하고, 남은 네 장도 그렇게 했다.

이렇게 해서, 티비가 가장 많이 지나다닌 지점을 표시한 네 세트의 지도가 생겼다. 마지막 화려한 팡파르를 울리듯, 웬디는 이 네 세트의 지도를 또 합쳤다. 이제 하나의 최종본이 나왔다.

나는 이마를 손에 대며 말했다. "세상에나!"

그리고 생쥐처럼 작은 목소리로 중얼거렸다. "대단하다."

● 가장 먼 경계   ●●● 수차례 집중된 곳
          (색이 옅을수록 최근의 것임)

14

웬디는 우리 앞에 있는 지도를 들여다보았다. 내 기분을 맞추려고 천천히 조심스레 보았다.

웬디가 말했다. "안타깝네."

나는 울부짖었다. "아냐! 뭔가 실수가 있었을 거야."

그러나 실수는 없었다.

티비는 남극으로 모험을 떠나지도, 펜실베니아 주 대도시에 가지도, 오스트레일리아 초원에 가지도 않았다.

아니었다.

분명, 티비가 다닌 길은 우리 집이 있는 블록 바로 아래에서 끝나고, 끝나고, 또 끝나 있었다. 열 집 아래.

열 집 아래!

나는 폐병에 걸린 듯 쌕쌕거리며 중얼거렸다. "말도 안 돼. 있을 수 없는 일이야."

웬디가 말했다. "바라던 거잖아. 티비가 어디 있었는지 알아내는 거."

맞는 말이다. 그렇지만 아니기도 하다.*

"그래도 티비가 아주 가까이 있었다는 사실에 좀 위안이 되지 않아?" 웬디가 모니터에서 몸을 돌려 나를 보았다. 눈을 크게 뜨고 고개를 갸우뚱한 채 내 눈을 보는 웬디의 모습은, 나를 친절하게 받아주려 했지만 이제 끝났다고 말하는 것 같았다.

나는 가냘프게 말했다. "그렇다면 티비는 밤마다 내가 자기

---

*탐정 매뉴얼: 부끄럽거나 못마땅하거나 당황스러운 나머지 고객이 받아들일 수 없거나 받아들이지 않으려 하는 정보라면 증거로 채택하지 않는다.

이름을 부르는 소리를 들었다는 뜻이잖아."

웬디는 그래도 내 말을 이해하지 못했다. 나는 굴하지 않고 계속 말했다.

"내가 자기한테 전화했는데, 자기가 전화기에 뜬 내 번호를 보고도 전화를 안 받은 거나 마찬가지야."

"아니……" 웬디가 고개를 돌렸다. 웬디는 가끔 내 번호를 보고도 전화를 안 받았다.

"그래. 내가 자기한테 전화했는데, 자기가 전화기에 뜬 내 번호를 보고도 전화를 안 받고, 그래서 내가 기차에 깔려서 기차 왼쪽 바퀴에 팔꿈치가 꼈으니 얼른 구급차를 불러야 한다고 문자 메시지를 보냈는데, 그래도 자기가 전화기를 열지 않은 거나 마찬가지야."

웬디가 말했다. "그래? 그런 거야?"

맞다, 그렇다. 괴물이 털북숭이 거대한 손을 내 가슴에 찔러 넣어 대동맥을 뜯고 심장을 꺼내서 짓밟은 것 같았다. 그런 일을 당하면 딱 그때 내 기분 같을 것이다.

15

감정이 가라앉은 뒤 우리는 지도를 찬찬히 살펴보았다. 그래, 티비는 근처에 있었어. 그런데 정확히 어디에? 가능성은 세 집 거리 안에 있었다. 뒤뜰이 서로 붙어 있으므로, 고려해야 할 집은 총 여섯 곳. 웬디는 여기를 '용의자'가 아닌 '용의구역'이라 불렀다.

웬디가 말했다. "집집마다 들러 보자. 거기 사는 사람이랑 직접 만나서 대답을 들어 보자."

웬디는 지난 몇 달 사이에 변했다. '고양이와 상관없는 사람'에서 '고양이를 좋아하는 사람'으로 바뀌었다. 곧 열렬한 냥이 팬이 되겠지. 어느새 웬디의 머릿속에는 우리 모험이 가장 크게 자리 잡았다. 그럼에도 불구하고 나는 웬디의 계획에 격렬하게 반대했다. 당시는 민감한 시기였다. 웬디와 나의 관계가 더 깊어지고 있었는데, 그걸 망칠 수는 없었다.

내가 말했다. "그 사람들을 낚을 기회는 한 번뿐이야. 처음 한 번이 지나면, 변호사를 부르고 입을 꽉 다물 테니까." 나는 다리를 다친 뒤로 텔레비전을 너무 많이 보았다. 이제 경찰 드라마에는 전문가가 됐다.

웬디가 말했다. "그럼, 다음 단계는 뭐야?"

내가 음울하게 말했다. "그 사람들 신경을 긁어야지. 심리적으로 압박해야 해."

웬디는 흥미롭다는 듯 몸을 앞으로 기울였다.

"어떻게?" 웬디는 그렇게 묻고 내 말을 기다렸다.

나는 웬디가 긴장을 풀도록 잠시 말을 멈췄다. 아니, 사실은, 극적인 효과를 내려고 말을 멈췄다. 그러다가 말했다. "전단을 만드는 거야."

웬디는 한참 동안 나를 뚫어져라 보았다.

"티비가 사라졌을 때 우편함이랑 전봇대에 붙였던, 그런 전단?"

나는 웬디가 내 말을 알아들은 데에 들떠서 소리쳤다. "그래! 그 여섯 집에 할 이야기를 적어서 그 집들 우편함에 전단을 붙이는 거야."

"심리적으로 압박해야 한다면서? 전단이 그거랑 무슨 상관이야?" 웬디는 내가 바보인 양, 아니, 바보에 귀도 어두운 사람인 양, 한 음절 한 음절 또박또박 발음하면서 물었다.

나는 손을 휘저으며 말했다. "나한테 맡겨. 보면 알아."

16

내가 적은 메모는…….

이웃 분께

저희 집 고양이 티비에게 밥을 주셔서 고맙습니다.
그런데 저는 티비가 무엇을 먹는지 궁금합니다. 집
에서는 얼마나 까다로운지 모릅니다. 그리고 혹시
티비를 5주 동안 데리고 계셨나요? [티비의 귀여운
사진 삽입] 저한테 전화 주세요. [전화번호 삽입]

캐롤린

웬디가 얼굴을 찌푸렸다. 한참 말이 없다가 입을 연 웬디는
화난 말투 같다고 말했다.

내가 말했다. "화난 거 사실이잖아."

어쨌든 나도 다시 쓰겠다고 했다.

이웃 분께

여름에 저희 집 고양이 티비가 행방불명되었던 일

을 기억하시는지요. 댁의 우편함에도 전단을 붙인 적이 있습니다.

웬디: 그 문장은 빼. 비난하는 것 같고 공격적으로 보여. 마지막 문장은 뺐다.

다행히 티비는 5주 뒤에 무사히 돌아왔습니다. 그런 데 돌아온 뒤로 티비가 집에서는 통 밥을 먹지 않습니다. GPS를 이용해서 추적한 결과, 티비가 댁 주변으로 놀러 가는 것을 확인했습니다. 아마도 그곳에서 밥도 먹고 있는 것 같습니다.

웬디: GPS는 쓰면 안 돼. 스토커로 보이잖아. **나:** 스토커? 내가 왜 스토커야! 나는 고양이 주인이야! 그 문장은 그냥 두었다. 하지만 심한 논쟁 끝에야 그냥 두게 됐다.

티비를 직접 돌보셨다면 정말 고맙습니다. 티비가 댁의 고양이 밥을 몰래 먹었다면 사과드립니다. 어느 쪽이든 티비가 좋아하는 음식이 무엇인지 알고 싶습니다. 그걸 알아야 집에서도 그 음식을 먹일 수 있으니까요. 티비는 파란색 목줄을 하고 있어서 쉽

이웃 분께

여름에 저희 집 고양이 티버가 행방불명되었던 일을 기억하시는지요.

다행히 티버는 5주 뒤에 무사히 돌아왔습니다.

그런데 돌아온 뒤로 티버가 집에서는 통 밥을 먹지 않습니다.

GPS를 이용해서 추적한 결과, 티버는 댁 주변으로 놀러 가는 것을 확인했습니다.
아마도 그곳에서 밥도 먹고 있는 것 같습니다.

티버를 직접 돌보셨다면 정말 고맙습니다. 티버가 댁의 고양이 밥을
몰래 먹었다면 사과드립니다. 어느 쪽이든 티버가 좋아하는 음식이 무엇인지
알고 싶습니다. 그걸 알아야 집에서도 그 음식을 먹일 수 있으니까요.

이 일에 대해 조금이라도 아시는 바가 있으면 제게 연락을 주시겠어요?

대단히 감사합니다.

이웃 캐롤린 풀 올림

게 아실 겁니다. 그리고 불이 깜박이는 GPS도 목줄
에 달고 있는 고양이입니다.

마지막 두 문장은 나중에 뺐다.

이 일에 대해 조금이라도 아시는 바가 있으면 저에
게 연락을 주시겠어요?
캐롤린 폴 〔전화번호 삽입〕

내가 말했다. "완벽해. 공손하면서 단호한 글이야."

웬디는 고개를 갸우뚱했다. 그래도 나는 내가 가진 패를 보
여야 한다고, 우리가 증거를 갖고 있다는 사실을 드러내야 한다
고 말했다. 공연히 허튼소리를 하는 게 아니라고, 이상한 스토커
가 아니라고. GPS가 있다고.

웬디가 대답했다. "아니, 글을 보면 이상한 스토커 같아."

내가 말했다. "예쁜 폰트로 넣어."

그날 오후, 우리는 '용의 구역' 집집마다 우편함에 전단을 붙
였다.

나는 의기양양하게 말했다. "금방 전화가 올 거야. 기다리는
일만 남았어!"

17

(울리지 않음)

18

전화 한 통 없이 닷새가 지난 뒤에야 나는 잠재의식을 조종하려는 내 시도가 수포로 돌아갔음을 인정했다. 그런데 이상하게도 티비가 다시 집에서 밥을 먹기 시작했다.

내가 말했다. "아하!"

웬디도 조금 기뻐하는 눈치였다.

내가 말했다. "다른 곳에서 나오던 밥이 갑자기 끊어져서 이제 집에서 밥을 먹는 거야. 그러니까…….."

웬디가 나 대신 내 말을 마무리했다. "그러니까 그 집들 중에 범인이 있다는 뜻이지!"

우리는 마주 보면서 씩 웃었다.

마침내 진전이 있었다.

며칠 뒤, 웬디는 이웃들을 직접 만나서 이야기해야 한다고 다시 주장했다. 현관문을 노크해서 나오는 사람한테 티비를 아는지 곧바로 물어보자고 말했다.

나는 커플 상담을 받을 때 흔히 쓰는 말투와 인자한 미소로 가장한 채 말했다. "무슨 말인지 알아. 그런 말을 하게 된 생각도 존중해."

웬디는 넘어가지 않고 나에게 미소를 보냈다. 나의 말투와 미소는 웬디에게 반박하기 전에 내보이는 술수였다.

반박: "그런데 문제가 있어. 여기는 도시야. 택배를 기다리고 있는 상황이 아니면 누가 와도 나와 보는 사람 없어."

나는 도시 정글에서 초인종 소리가 뜻하는 진짜 의미를 설명했다.

1. 자동차 기름이 갑자기 다 떨어졌을 때 쓸 수 있는 연료 캔이 나왔으며, 마음에 들지 않을 때에는 얼마든지 환불이 가능하다고 사기 치는 사기꾼
2. 죄책감을 자극하는 팸플릿을 들고 와서 고래와 숲에 기부금을 내놓게 하려는 떡진 머리의 삼인조 환경 보호 운동가
3. 강도

종합하면, 초인종 소리는 전화번호도 이메일도 트위터 계정도 모르는 사람이 왔다는 뜻이다. 그런 사람이랑 과연 말하고 싶을까?

웬디는 특유의 참을성을 발휘하며 내 이야기를 들었다. 그리고 눈썹을 치켜올렸다.

웬디가 물었다. "이웃이랑 말하기가 겁나?"

나는 웬디의 말을 비웃고 무시하는 표를 내느라 진짜로 코웃음을 쳤다. "겁나? 겁나냐고? 하!"

웬디의 눈썹은 여전히 하늘로 치솟아 있었다.

나는 딱 잘라서 부인했다. "아니, 겁 안 나. 더 좋은 계획이 있어서 그래."

계획은 간단하고 명쾌했다. 티비가 직접 만나는 것!

어쨌든 티비는 그 문제의 이웃이 누구인지 분명 알고 있을 테니까. 티비의 목줄에 쪽지를 거는 거야. 쪽지에는 이렇게 적어야지. '이웃 분께. 저희 집 고양이(이 고양이)에게 밥을 주고 계시나요? 그렇다면 저한테 전화 좀 주세요. 제가 감사 인사를 드리고 싶어요.'

나는 뻐기며 말했다. "봐, 고양이 밥에만 관심 있는 척하는 거야."

웬디가 우물우물 말했다. "아주 영리하네."

우리는 쪽지에 셀로판테이프를 붙여서 코팅하고, 빨간색 리본으로 목줄에 연결한 뒤, 뒷문을 열고 티비가 사라지는 것을 지켜보았다.

19

(여전히 울리지 않음)

20

내가 사는 블록에 대해 설명하자면, 다정한 곳, 아니, 가족처럼 다정한 곳이라고 말하고 싶지만, 그 말을 뒷받침할 증거는 거의 없다. 사실, 나는 이웃과 교류가 많지 않았다. 차창도 닫힌 차 안에서 서로 인사하기는 한다. 고등학교 졸업 무도회에서 퀸에 뽑혀 행진하는 여학생처럼 환한 미소를 지으며 입 모양으로 '안녕하세요'라고 소리 없이 말하면서 열정적으로 손을 흔든다. 그리고 각자의 집으로 들어가거나 집에서 나간다. 골목 모퉁이로 쓰레기통을 내놓으러 갈 때 종종 이웃과 마주치기도 한다. 그러면 쓰레기통이나 날씨 같은 별것 아닌 이야깃거리로 다정한 말을 주고받는다. 그런 경우들이 아니면, 이웃 대부분은 낯익은 얼굴의 낯선 사람들이다.

나는 이 동네에서 20년을 살았다.

동네 A 구역의
주된 통행 패턴

동네 B 구역의
주된 통행 패턴

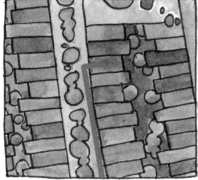

동네 C 구역의
주된 통행 패턴

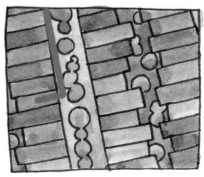

드디어 '용의 구역'을 방문하기로 했다. 하지만 사람과 마주할 생각은 없었다. 길만 조사하기로 했다. 뛰어난 탐정이라면 악한을 구석에 몰기 전에 지형을 미리 잘 알아두어야 한다.

나한테 가득한 것은 범죄 용어요, 부족한 것은 용기였다.

웬디가 차에 내 목발과 나를 실었다. 그리고 순찰 중인 경관처럼 천천히 차를 운전하며 거리를 내려갔다. "여기야." 내 말에 웬디가 차를 세웠다. 우리는 GPS 지도가 가리킨 세 집을 한동안 물끄러미 바라보았다.

웬디가 말했다. "문을.두드릴 때가 왔어."

내 등에 칼을 꽂다니!

내가 소리쳤다. "안 돼!"

웬디가 물었다. "뭐가 그렇게 무서워?"

나는 웬디의 말을 비웃었다. "무섭기는!" 그리고 소리를 낮춰서 말했다. "둘러보기는 하자."

우리는 차에서 내렸다, 보기만 하려고.

그리고 이어지는 대화는 애써 낮춘 목소리로 이루어졌다.

웬디가 쉭쉭거렸다. "초인종만 누르자, 지금!"

내가 으르렁거렸다. "그러다가 우리가 흥분하면 어떻게 하려고?"

"무슨 흥분?"

"저기…… 내가……."

그러니까 내가 하고 싶었던 말은 이것이다. 나는 목발을 짚

었고, 연약하고, 볼품없고, 의기소침해. 이렇게 약한 상태로 이웃이랑 대화를 하고 싶겠어? 건강할 때도 이웃이랑 얘기하기 싫은걸. 그래, 고양이랑은 오랫동안 깊게 관계를 맺어 왔어. 그렇지만 지리적으로 가까이에 사는 인간? 나는 그냥 거리를 유지할래.

우리 이웃에 대해서 내가 티비보다 못하다니, 나 스스로도 한심했다. 티비는 우리 이웃에 대해 그 집 울타리의 상태, 베란다 가구 배치, 정원 가꾸는 솜씨, 가족 싸움도 알고, 그 집 사람들이 몇 시에 일어나고 몇 시에 자는지도 알며, 그 집 아기와 개, 음식 냄새도 알고 있었다.

나는 고개를 절레절레 흔들며 창 너머를 흘깃거리고, 웬디는 목소리를 높이지 않으려 애쓰면서 나를 재촉하고, 이렇게 우리는 골목을 오갔다. 웬디는 권투 경기 때 코너에 있는 코치 같았다. 금방이라도 내 얼굴에 바셀린을 바르고 콧구멍에 '클리넥스'를 쑤셔 넣을 기세였다.

결국 내가 말했다. "알았어."

웬디가 초인종을 눌렀다. 우리는 대문 너머 정원 계단 위를 바라보았다.

'아무도 안 나오네' 하고 말하려던 순간, 누가 모습을 드러냈다.

남자였고, 옷을 벗고 있었는지 옆문으로 고개만 내밀었다. 나는 그 사람을 얼른 알아보았다. 하지만 내 머릿속에 있는 그 사람은, 저녁마다 양복을 입고 깡마른 도베르만과 함께 우리 집을 지나가며 산책하는 모습이었다. 지금은 허옇고 커다란 남자의 상체만 보였다. 남자의 몸 나머지 부분은 문에 가려져 있었다. 웬디와 나는 잠시 얼어붙었다. 하지만 남자가 불쾌한 표정을 짓고 있지는 않았다.

나는 기운차게 말했다. 하지만 내가 속으로 상상한 이 남자의 반응은……

    A. 총을 겨눈다.
    B. 연료통에 관심 없다고 쫓아낸다.
    C. 사실은 남자가 옷을 입고 있고, 그래서 주머니가 있어서, 그 주머니에서 잔돈을 꺼내 우리한테 내민다.

남자가 보인 반응은 그 세 가지가 아니라, 호기심 어린 눈으로 우리를 보며 "무슨 일이시죠?" 하고 묻는 것이었다.

나는 목청을 가다듬고 티비의 사진을 내보였다. "고양이를 찾고 있어요. 아니, 지금 찾고 있는 것은 아니고요, 혹시 저희 고양이를 보신 적 있는지 알고 싶어서요."

남자의 표정이 더 부드러워졌다. 남자는 자기소개를 다시 했다. (우리는 전에 서로 이름을 주고받은 적이 있었지만, 나도 그 사람도 기억하지 못하고 있었다.) 이 남자는 나보다 오래 그 블록에서 살고 있었다. 거의 30년이 됐다.

'누드 씨'는 실눈을 뜨고 티비 사진을 살핀 뒤에 본 적이 없다고 말했다. 전단은 기억난다고 했다. 자기 집에는 개가 있어서 고양이가 오지 않지만, 두 집 건너 집에는 고양이가 있으니 그 집에 가면 아는 사람이 있을지도 모른다는 말도 했다.

누드 씨가 문을 닫고 들어간 뒤 나는 웬디에게 속삭였다. "쉽네."

웬디도 수긍했다. "좋았어. 그럼 이제 고양이가 있다는 집에 가 보자."

이번에는 아무도 안 나오겠지. 나는 그렇게 확신했지만, '고양이네 남자'도 누드 씨처럼 '무슨 일인가?' 하는 표정으로 문을 열었다. 조금 불안해 보이지만 분명 쌀쌀맞지는 않은 표정이었다. 고양이네 남자는 옷을 입고 있었다. 나는 그 남자에게 우리 고양이를 보살펴 준 사람을 찾고 있다고 설명했다. 불쾌하게 들리지 않도록 애썼다. 누가 티비한테 밥을 주고 있었어도 괜찮다고, 사실, 고맙다고, 아니, 아주 행복하다고 말했다. 너무 기뻐서 어쩔 줄 모르겠어요!

웬디가 팔꿈치로 나를 쿡 찌르고 속삭였다. "그만하면 됐어."

고양이네 남자는 자기가 아니라고, 자기는 고양이를 키우지 않는다고, 고양이를 키우는 사람은 아래층 남자라고, 그렇지만 아래층 고양이들은 집 밖으로 나가지 않는다고, 그리고 아래층 남자는 다른 집 고양이한테 밥을 주지는 않을 것이라고, 적어도 자기가 생각할 때는 그렇다고 말했다. 웬디는 고양이네 남자에게 혹시 생각나는 것이 없는지 물었다. 고양이네 남자, 이제 엄밀히 말하면 '고양이네 남자가 아닌 남자'는 뒤뜰을 가리키며 뒷집에 사는 러셀이 고양이를 키운다고 말했다. "거기 가 보시죠."

고양이네 남자가 아닌 남자의 집 아래층에서는 아무도 안 나왔다. 내가 속삭였다. "봐. 대도시에서는 초인종 소리에 나와 보는 사람이 없어." 그러나 웬디의 무서운 표정을 보고, 입을 다물었다. 우리는 블록을 빙 돌아서 러셀네 초인종을 눌렀다. 또 한 번 눌렀다. 그리고 또 한 번. 그러나 우리 행운은 거기까지였나 보다. 아무도 나오지 않았다. 그래도 이제 '용의 구역'에서 몇 집은 확인했다.

웬디가 말했다. "내일은 토요일이야. 기회지."

토요일 날씨는 맑고
따뜻했다. 나는 건강 식품점에 가는 자
모회 엄마로 보일만한 차림새로 꾸미고, 숨을 깊이 들
이쉰 뒤 이웃을 수사하려고 출발했다.

우리 동네 거리가 그렇게 생기 넘치는 줄 몰랐다. 적어도 이
맑은 날만큼은, 차고를 청소하는 사람들, 개들과 산책하는 사람
들, 아기를 유모차에 태우고 공원으로 향하는 사람들의 모습이
마치 잘 연출된 연극의 장면 같았다. 나는 또 한 번 숨을 깊이 들
이쉬며, 이런 시도를 그만두고 침대로 돌아갈 만한 핑계가 없을
지 생각했다. 그러나 그런 핑계는 하나도 찾을 수 없었다. 그래
서 목발을 앞으로 내디뎠다.

나중에 알게 됐지만, 목발은 장애물이 아니었다. 오히려 사
람들은 내가 인사할 때 걸음을 멈추고 놀란 눈으로 바라보다가
내 앞으로 나와서 먼저 앞장서 걸어갔다. 나를 위해서 어떤 문이
라도 열어 주고 짐도 들어 주고 구급차도 불러 줄 태세였다. 나
는 만나는 사람마다 티비의 사진을 내보이며 얽히고설킨 슬픈
이야기를 최대한 빨리 늘어놓았다.

고양이가 사라졌어요!

고양이가 돌아왔어요!

GPS!

내 이야기의 끝은 '티비가 이 근처에 있었던 것 같아요. 보신 적 없나요?'였다.

처음에는 운이 따르지 않았다. 티비를 알아보는 사람은 아무도 없었다. 그래도 인정 많은 사람들과 기분 좋은 대화를 많이 나눴다. 사람들은 티비의 사진을 보고 '정말 귀여워요!' 하며 감탄하면서 내 모험담에 귀를 기울였다.

안녕하세요, 앨러스터! 안녕하세요, 대프니! 안녕하세요, 존! 안녕하세요, 로레인!

티비 덕분에 나는 사람들과 사귀었다. 내가 마침내 인간 이웃과 대화를 나누게 됐다. 티비가 몇 달 동안, 어쩌면 몇 년 동안 이 근처를 이리저리 돌아다녔다는 사실이 GPS 지도로 증명됐지만, 티비를 보았다는 사람은 없었다. 인간은 자기 주변을 너무 많이 놓치며 사는 게 점점 확실해졌다.

마침내 우리 이웃 앨러스터가 제안했다. "여기 가 보세요." 앨러스터의 손가락이 가리킨 곳은 내가 자주 보았던 집이었다. GPS 지도에서도 자주 갔던 지점으로 표시된 곳이었다.

내가 말했다. "정말요?"

"네, 그 집에서 집 없는 고양이 열다섯 마리를 돌본 적이 있어요. 정말 고양이를 좋아하는 사람들이 살아요."

아니면 고양이 도둑이거나. 나는 생각했다.

초인종이 없었다. 대문은 철문이어서 노크할 수도 없었다. 그래서 나는 몇 분 동안 보도에 선 채 남아 있는 용기를 긁어모았다. 그리고 집 안쪽을 향해 소리쳤다.

"안녕하세요!"

대답도 움직임도 없었다. 그래도 기다렸다. 이웃 사람들과 즐거운 시간을 보낸 뒤여서 '안녕하세요' 하고 크게 소리치는 것도 어색하게 느껴지지 않았다. 오래 기다리지는 않았다. 산타클로스 수염을 기른 통통한 남자가 파자마 바지와 티셔츠 차림으로 2층 현관 앞에 나타났다. 남자는 집 바깥으로 난 계단을 내려오면서 대문 철창살 너머에 있는 나를 실눈으로 바라보았다.

"무슨 일이시죠?"

나는 티비의 사진을 쳐들었다.

남자가 말했다. "아는 고양이네요."

우리 집.

나는 몹시 흥분해 있었다. 웬디에게 말했다. "그 사람들 이름이 _____랑 _____래!* '용의 구역'에서 살아! 고양이를 열다

---

*유죄가 증명될 때까지는 범죄자로 보면 안 되니까 이름은 삭제했다. 지금부터 이 사람들은 '고양이 도둑'이라 부르겠다.

섯 마리나 기른 적이 있대! 티비한테도 밥을 줬다고 나한테 말했어! 그 말은 '티비를 옷장에 가둬 두었다'는 뜻일 거야! 티비가 탈출한 게 행운이야!"

침착하고 이성적인 웬디는 내 호들갑이 끝날 때까지 기다린 뒤 말했다. "그 사람들을 초대하자. 차를 마시면서 어떤 일이 있었는지 들어 보자."

21

고양이 도둑을 집에 초대하면, 집을 청소하고 베이글과 크림치즈를 사고, 거짓말하는 도둑들을 어떻게 함정에 빠뜨릴지 궁리해야 한다. 마약 테스트가 특정 화학물을 찾아내듯 진실을 찾아낼 질문 목록을 만들어야 한다.

1. 티비를 잡아서 집으로 데려간 뒤 5주 동안 감금했을 때, 티비의 목줄에 이름과 주소와 전화번호가 왜 적혀 있는지 궁금하지 않았나?

2. 밤마다 어떤 여자가 갈라지고 떨리는 목소리로 '티비'라는 이름, 앞에 말한 목줄에 적힌 것과 같

은 이름을 소리쳐 부를 때, 그 소리를 듣고 어떤
연관성도 생각하지 못했나?

3. 티비가 슬프고 맥없고 향수병을 앓는 것 같을 때,
주인을 그리워하는 게 분명할 때, 어떻게 했나?

a. 세뇌했다.

b. 슬픔을 잊게 하려고 이상한 음식을 주었다.

c. 티비와 티비에 얽힌 사실들을 무시했다.

d. 위의 세 가지 전부.

웬디는 이 질문들 중 무엇 하나도 입 밖에 꺼내면 안 된다고
말했다.

"친절하게 대해. 아직 아무것도 아는 게 없어. 지금까지 GPS
가 내놓는 지도도, 카메라에 찍힌 사진도, 동물 커뮤니케이터의
말도, 쪽지도, 전단도, 동물 탐정의 말도 보고 들었잖아. 이제는
우리 이웃이 하는 말도 들어야 할 때야. 안 그래?"

그래서 나는 확인하고 싶은 몇 가지를 적었다.

그 집에 아이들이 있나? (점쟁이 점괘를 따른 것)

티비의 목줄에 주소와 전화번호가 적혀 있었는데 읽을 수
없었나?

우편함에 붙은 전단 세 장은 못 보았나?

티비 목줄에 걸린 갖가지 것들은?

웬디는 그 목록을 본 뒤 그런 점들을 확인하겠다고 말했다. 웬디는 자기가 대화를 맡을 테니 끼어들지 말라고 말했다.

고양이 도둑들이 집에 왔다. 나는 눈을 가늘게 뜨고 두 사람을 살펴보았다. 이런 모습이었다.

고양이 도둑 1

고양이 도둑 2

그렇다, 겉모습은 좋은 사람 같았다. 선물을 가져오기까지 했다. 잎이 많이 달린 개박하가 선물이었다. 자기 집 마당에서 직접 키운 것이라고 했다.

웬디는 기뻐했지만 나는 넘어가지 않았다. 고양이한테 '마당에서 키운 개박하'라니, 애들한테 사탕을 주는 거랑 뭐가 달라!

고양이 도둑들은 티비를 보고 반가워했다. 소파에 누워 있던 티비는 고양이 도둑들이 자기한테 다가오자 고개를 들었다. 아하! 이게 진짜 테스트네. 티비의 냥이 두뇌는 '이 두 사람을 어디서 봤더라?' 생각하며 막 회전하겠지. 답이 떠오르면, 티비는 자기를 붙잡고 있던 사람들한테서 얼른 달아나겠지.

티비는 고양이 도둑들이 자기를 다독이는 손길에 그냥 몸을 맡기고 있었다.

하얗게 질린 내 얼굴을 고양이 도둑 1이 보았나 보다. 고양이 도둑 1이 말했다. "고양이들이 저를 좋아해요. 어디를 가든 고양이가 저를 찾아와요."

웬디가 부드럽게 말했다. "그래서 티비도 찾아갔군요." 웬디는 나를 힐긋 보며, 내가 그 말을 들었는지 확인했다. 웬디가 표정으로 말했다. '이 사람들은 고양이 도둑이 아냐. 고양이를 불러들이는 사람이야.'

　고양이 도둑들이 말한 사연은…….

　지난여름 어느 날 티비가 나타났다. 고양이 도둑들은 늘 집 없는 고양이들을 위해서 밥을 내놓는데, 티비는 덤불 속에서 기다리고 있다가, 다른 고양이들이 밥을 다 먹은 뒤에 다가왔다. 티비를 집 안으로 들이거나 쓰다듬은 적도 없었다. 고양이 도둑들이 너무 가까이 다가온다 싶으면 티비는 달아났다. 목줄에 주소가 있었다 해도 가까이 갈 수 없으니 읽을 수 없었다. 나중에는 목에 달린 커다란 파란색 상자도 보았다. 고양이 도둑들 집에는 아이가 없다. 티비를 찾는 사람이 있는지도 몰랐다. 그냥 간식을 먹으러 오는 줄 알았다.

　우편함에 세 번이나 붙인 전단은?

　고양이 도둑들은 전단을 본 적 없다고 했다.

　하나도?

　전혀.

　고양이 도둑들은 기꺼이 협조하려 하는 듯했다. 두 사람은 서로 이런저런 이야기를 나누더니, 아래층에 사는 세입자가 먼저 전단을 떼어 버린 것 같다는 결론을 내렸다.

　정말? 정말로? 겁 많은 고양이, 그래서 읽을 수 없었던 목줄, 그리고 전단에 무관심한 세입자. 이렇게 전부 간단히 설명되는 거야?

　나는 질문하면 안 된다는, 힐난하는 질문은 더더욱 안 된다는 명령을 받았지만 더 이상 참을 수 없었다.

내가 코웃음을 치며 말했다. "티비가 댁의 집에 있지 않았다면 어디서 잤겠어요? 저희 집에는 틀림없이 안 들어왔거든요."

고양이 도둑 2가 말했다. "제가 추측하기로는 저희 집에서 밥을 먹고 옆집에 있는 '바냐'로 간 것 같아요." 고양이 도둑 2의 설명에 따르면, 이 동네는 예전에 러시아 이민자들이 살던 곳이며, 러시아식 사우나 바냐가 그 시절부터 남아서 잡초 덤불 속에 숨어 있는 것을 동네에서 흔히 볼 수 있단다.

나는 고양이 도둑 2의 말을 제대로 듣지 않았다. 머릿속으로 목록을 만들고 있었다. 내 머릿속에 떠오른 종이 한쪽에는 '미쳤음'이라는 제목이, 다른 한쪽에는 '미치지 않았음'이라는 제목이 적혀 있었다. '미쳤음'이라는 제목 아래 해당하는 항목은 많았다.

집 없는 고양이에게 밥을 줌 ☑

뒷마당에서 고양이가 좋아하는 개박하 키움 ☑

신뢰할 수 없는 사람한테 집을 세놓음 ☑

고양이 도둑 1도 맞장구쳤다. "바냐에서 잔 게 틀림없어요. 거기 고양이들이 많이 가죠."

티비가 샌프란시스코 사우나에서 살았다고? 너무하네.

바닥

"전에 고양이 열다섯 마리를 키우신 적 있다면서요?" 나는 그렇게 소리치고 웬디에게 의기양양한 표정을 지었다.

내 표정은 이렇게 말했다. '미친 고양이 인간들.'

또 이렇게 말했다. '고양이 열다섯 마리!'

또 이렇게 말했다. '이 사람들을 믿으면 안 돼.'

고양이 도둑 2는 당황하지 않고 말했다. "뒷마당에서 고양이를 아주 많이 키우는 할머니가 동네에 있었어요. 나이가 아주 아주 많은 분이었는데, 귀는 완전히 멀고, 눈은 반쯤 멀었어요. 러시아어밖에 못했고요. 그래서 사람 만나기를 겁냈어요. 우리가 그 할머니를 설득해서 새끼 고양이들을 데려왔어요. 한 번에 한 마리씩 데려와서 한 달 가까이 사랑을 주고 같이 논 뒤에 다른 집으로 입양을 보냈죠. 입양을 보내면서 제가 울 때도 있었어요. 그리고 사람들한테 이런 말도 하죠. 고양이를 키울 수 없게 되면 동물 보호소에 보내지 말고 우리한테 보내라고요."

고양이 열다섯 마리 ☑

눈먼 독거노인과 어울림 ☑

고양이 도둑 1이 덧붙였다. "고양이마다 기록을 남기고 있는데, 어떤 해에는 스물다섯 마리를 입양 보낸 적도 있어요."

고양이마다 기록을 남김 ☑

블래키, 리피, 네시, 킬로바, 엘리엇, 뷰포드, 프린세스, 클로에, 존스.

고양이 도둑들이 키웠거나 잠시 돌보았던 고양이들의 일부다. 소설 주인공을 따라 로드 브랜도크 다하로 이름을 붙인 고양이를 특히 사랑했다고 했다. 고양이 도둑 1이 추억에 잠겨서 말했다. "걔는 집 밖으로 자주 떠돌았어요. 그래서 제가 뒤뜰에 서서 이름을 크게 부르곤 했죠. 저를 이상한 기독교도로 생각한 사람도 있었을 거예요. 허공에 대고 '로드! 로드!' 소리쳤으니까요."(옮긴이: '로드 lord'는 '신'이라는 뜻이므로 '신이시여! 신이시여!' 하고 외친 셈)

이제는 집에 그렇게 고양이가 많지 않다고, 몸집이 크고 성격이 순한 '메인 쿤'(옮긴이: 아메리칸 숏헤어로도 불리는 고양이 품종으로, 몸집이 크고 긴 것이 특징) 종 고양이 한 마리뿐이라고 말했다. 그래도 집 없는 동물과 학대받는 동물이 아직 너무 많아서, 뒤뜰에 고양이 음식은 계속 놓아둔다고 설명했다.

집 없는 동물과 학대받는 동물 이야기에 나는 마음이 찡했지만 무시했다.

"어떤 음식이요?" 나는 그렇게 물어보면서 속으로 생각했다. '약을 넣은 음식?'

"프리스키스(옮긴이: 고양이 사료 상표명)요."

"아, 프리스키스." 나는 그렇게 대꾸한 뒤, 웬디를 보며 눈썹을 치켜세웠다. 내 표정은 '고양이한테는 프리스키스가 핼러윈

사탕이지.'

　프리스키스 ☑

　'미치지 않았음' 아래는 비어 있었다. 자세히 들여다보면 작은 글자가 보일 것이다.

　새끼 고양이들을 입양 보냄 ☑
　집 없는 동물과 학대받는 동물에게 음식을 줌 ☑
　독거노인을 돌봄 ☑

　그 목록은 보기 싫었다. '미쳤음' 목록으로 돌아와서 한 항목을 더했다.

　한 해에 고양이 25마리 ☑

나도 상황을 파악하고 있었다. 하지만 원망하고 싶었다. 사실, 나는 티비가 사라졌던 일을 다른 사람의 탓으로 돌리고 싶었다. 내가 고양이한테 부족한 주인이었다는 자각, 고양이가 나에게 숨긴 비밀이 있었다는 사실에 마음이 편하지 않아서 그 사실을 부정하고 원인을 다른 곳에 돌리고 싶었던 것이다. 나는 티비가 병적으로 수줍음이 많고 겁도 많으며 모험심이 부족하다고 생각해 왔다. 그런데 티비는 낯선 사람에게서 밥도 얻어먹고 사우나에서 놀기도 했다. '미쳤음' 목록에 무게를 주면, 나는 티비의 실종을 비정상적인 일로 치부할 수 있는 것이다. 나는 친구들을 모아 놓고 손가락을 머리 옆에서 빙글빙글 돌리며 말하겠지. '당연히 말도 안 되지. 미친 사람이 언제 말이 돼?'

고양이 도둑 2가 말했다. "저희 집 뒤뜰에 와서 밥을 먹는 고양이가 있는데, 그 고양이가 집에 들어와서 아무 데나 소변을 볼 때도 많아요. 어느 날 그 고양이 주인한테 보내는 쪽지를 고양이 목줄에 달았어요. 고양이한테 더 관심을 쏟으십사 부탁하고 연락 달라고 적었어요."

"고양이 목줄에 쪽지를 다셨다고요?" 내 얼굴에서 핏기가 가셨다.

고양이 도둑 2가 대답했다. "네, 그랬어요."

바로 그때 내 머릿속 목록이 허물어졌다. 뜨거웠던 내 적개심은 증발했다. 현실을 부정하려는 마음은 술에 취해 기절한 채 구석에 고꾸라졌다. 질투심은 이불 속에 숨었다. 의심은 슬그머니 고속버스를 타고 떠나갔다. 아주 조금 남아 있던 내 선한 마음이 되살아났다.

고양이 도둑들은 고양이 도둑이 아니었다. '고양이 천사'들이었다. 고양이를 위해서 아주 많은 일을 했고, 고양이 목줄에 쪽지를 달기까지 했다. 미쳤다고 한다면, 고양이에 미쳤다는 말이 되어야 한다. 정신은 올바르게, 순수하고 열정적으로 고양이에 미쳤다는 말.

목줄에 쪽지를 묶음 ☑️

이 사람들은 나와 같은 부류였다.

집에서 기른
개박하 일명
냥이 마약

22

그동안 알아내려 애쓰던 것을 마침내 알아냈다. 티비는 5주 내내 동네에서 캠핑을 즐겼던 것이다. 집 없는 고양이들과 어울려 놀고, 인스턴트 음식을 먹고, 내가 부르는 소리를 무시했다.

왜?

고양이 천사 1이 말했다. "티비가 그렇게 집 가까운 곳에 있으면서 그렇게 오래 행방불명이었던 건 이상하네요."

내가 서글프게 말했다. "행방불명이 아니죠. 한동안 집을 떠나 있고 싶었나 봐요."

고양이 천사들이 진지한 표정으로 고개를 끄덕이며 말했다. "고양이들은 살던 곳이 마음에 안 들면 그냥 다른 집으로 가 버려요." 그리고 블래키라는 고양이를 키우게 된 사연을 이야기했다. 블래키가 원래 살던 집에서는 뱀도 여러 마리 키웠는데, 커다란 아나콘다가 집 안을 마음대로 돌아다녔다. 블래키는 아나콘다에 못 견디고, 고양이 천사들의 집으로 도망쳐 왔다. 고양이 천사들이 몇 번이나 블래키를 주인집에 데려갔지만, 그때마다 블래키는 몇 시간도 안 지나서 다시 고양이 천사들의 집으로 왔다.

고양이 천사 2가 부드러운 목소리로 말했다. "고양이는 자기가 살 곳을 자기가 정하죠."

나는 우는 소리로 말했다. "그렇지만 저희 집에는 아나콘다도 없는걸요."

웬디가 말했다. "이웃 분들과 이야기를 나눴으면 해결됐을 텐데 테크놀로지에 너무 시간을 많이 허비한 게 부끄럽네요." 나는 창피한 마음에 고개를 숙였다.

고양이 천사 1이 다정한 눈길로 나를 보며 말했다. "어머, 저도 전에는 정말 낯을 많이 가렸어요. 그러다가 10년 전부터 학교 선생으로 일하게 됐는데 지금은 동네를 돌아다니면서 사람들이랑 이야기를 나눠요. 어쨌든 샌프란시스코는 정말이지 냉정한 곳이라고 말할 수 있죠. 사람들이 자기 집에서 안 나오잖아요. 샌프란시스코 집 구조는 베란다도 없어요. 현관 앞에도 나와 있을 수 없으니까 사람들을 만날 기회가 없죠."

"맞아요." 나는 고양이 천사들을 차례로 보면서 고개를 끄덕였다. "제가 마침내 이웃 분들이랑 대화를 나누게 된 게 정말 다행이네요. 안 그랬다면 두 분을 못 만났을 거예요."

고양이 천사들이 자리에서 일어났다. 그러나 의문 하나가 여전히 나를 괴롭혔다. '용의 구역' 우편함에 마지막으로 전단을 돌린 뒤, 거의 곧장 티비가 집에서 밥을 먹기 시작한 이유가 뭘까? 고양이 천사들이 전단을 보고 고개를 절레절레 흔들며 고양이 밥을 치웠을까? 내 머릿속에 의문이 뭉게뭉게 피어올랐다.

하지만 그게 중요한가? 내 고양이가 자기 자유 의지로 집을 나가서 살았다는 사실은 바뀌지 않아. 나는 고양이 천사들을 차례로 보았다. 이맛살이 찌푸려졌다. 이 사람들이 우리 전단을 보고 있었다면, 이 사람들의 이야기 전부 의심스럽잖아. 이 사람들의 이야기가 의심스럽다면…….

부정하는 마음을 조금 더 길게 끌 수도 있었다. 티비는 남극에 갔거나 아미시파 교도 청소년처럼 행동했거나 방랑 생활을 했을지 모른다. 갇혔거나 납치됐거나 세뇌되었는지도 모른다.

웬디가 나를 보았다. 고양이 천사들이 나를 보았다. 웬디가 눈살을 찌푸린 것을 보니, 내 표정을 읽었던 모양이다.

강박적으로 사로잡혔던 것을 마지막에 와서 잊어버리면 무슨 소용이야? 아무 소용도 없어. 내가 알고 있다고 생각했던(잘 안다고 믿고 싶었던) 고양이를 계속 쓰다듬으며 보살필 기회는 지금이 마지막이 아닐까? 그래, 마지막 기회야. 진실이 가장 중요하지 않아? 당연하지. 그렇게 깊이 파고들어서, 잠시 후, 나는 진실을 찾아냈다.

내가 말했다.

"티비를 돌봐 주셔서 고맙습니다. 정말 고맙습니다."

23

티비 추적 작전은 공식적으로 끝났다. GPS 장비, 캣캠, 동물 커뮤니케이션 강의 때 쓴 공책, 코팅한 쪽지 등등을 모았다. 상자 하나에 넣고, 상자 바깥쪽에 '티비아 물건'이라고 적은 뒤 선반 한쪽에 놓았다.

하지만 설명되지 않은 것이 마지막으로 하나 남아 있었다.

티비가 왜 떠났을까?

해답에 가까이 다가갈 수 있기를 바라면서, 마지막으로 한 가지 일을 더 시도하기로 마음먹었다.

아주 오래된 폐허를 뒤에 숨긴 커다란 집. 그 바로 앞에는 트럭이 서 있었다. 나는 초인종을 눌렀다. 그리고 기다렸다. 아무 응답도 없었다. 이런 냉정하고 냉정한 도시라니. 그때 자동차가 집 앞에 서더니 남자가 내렸다.

여기 사세요?

네.

집에 바냐가 있나요?

그럼요, 보여 드리죠.

남자가 대문을 열었다. 우리는 걷거나 절뚝거리며 집 바깥

옆쪽으로 이어진 계단을 올라갔다. 계단 맨 위까지 올라온 뒤 남자가 손가락으로 가리키는 곳에는 방치된 커다란 창고 같은 건물이 있었다.

남자가 말했다. "저기입니다."

바냐는 정말이지 냥이의 천국이었다. 고양이들이 드나들기에 딱 좋은 크기의 구멍이 있었다. 주위에는 잡초들이 엉켜 있었다. 세상과 동떨어진 또 하나의 세계, 지나간 과거의 흔적, 인간에게 무시된 곳, 동물에게 더없이 좋은 곳이었다.

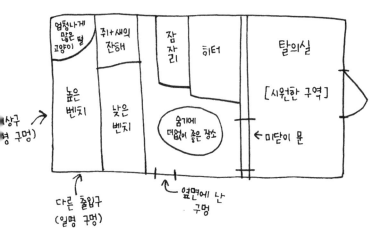

바냐 평면도

바냐가 어쩌나 기묘했는지 —추락한 우주선처럼 도시 뒤뜰에 퍽 내려앉아 있었다— 나는 티비가 여러 주 동안 내 외침 소리를 못 들었을 수도 있겠구나 생각할 정도였다. 이 세상의 것이 아닌 에너지 장이 이곳을 덮고 있지 않을까? 덤불이랑 관목이 이렇게 무성하니까 이 수풀이 틀림없이 방음벽 역할을 했겠지. 그렇게 생각하고 있을 때 도로에서 자동차 경적 소리가 들렸다.

날카로운 경적 소리는 분명하게 귀를 찔렀다. 나는 얼른 다시 현실로 돌아왔다. 그 집주인에게 고맙다고 인사하고 집으로 돌아왔다.

컴퓨터를 켜고 지도를 다시 분석할 필요도 없었다. 카메라에서 사진을 지워 저장 공간을 확보할 필요도 없었다. 동물과 대화를 나눌 필요도 없었다. 위성 지도에서 고양이 흔적을 나타내는 분홍색 선만큼 선명하고 확실하게, 마지막 진실이 모습을 드러냈다. 티비는 집에 있기 싫었던 것이다.

오랜 관계에는 기복이 있게 마련이다. 지난여름은 그 관계가 확실히 저조했다. 나는 몇 달 동안 머리도 지저분하고 눈은 흐리멍덩한 채 요도 도관을 끼우고 소파에 널브러져 있었다. 온몸의 모공 하나하나가 우울을 내뿜었다. 내 몸의 통증이 겉으로도 생생히 드러났다. 내가 집에 있을 때면 늘 나를 독차지하려 하는 피비는 온종일 티비에게 공격을 가하고 으르렁거렸다. 낯선 손님들이 초콜릿과 위로의 말을 전하러 왔다. 나를 돌보려고 다른 식구가 몇 주 동안 집에 머물렀다. 티비는 참을 만큼 참았다.

이렇게 중요한 국면에 관계가 끝나기도 한다. 하지만 회복되는 관계도 있다. 나는 비로소 깨달았다. 중요한 점은 티비가 집을 떠났다는 게 아니다.

중요한 점은 티비가 돌아왔다는 것이다.

24

모 든 모험은 여정이다. 모든 여정은 이야기다. 그리고 모든 이야기에는 교훈이 있다.

우리 이야기의 교훈이라 말할 만한 것은…….

1. 테크놀로지는 대단하다. 미래의 물결이다. 컴퓨터! GPS! 캣캠! 다음에는 피자 주문 기기, 셔츠 다리미, 전기 충격 총, 이렇게 세 가지 기능을 하나에 담은 기기를 사야지.

2. 테크놀로지에 의존하지 마라. 테크놀로지가 유용한 일도 많겠지만, 우리 이야기에서는 이웃과 직접 만나서 대화하는 것이 가장 좋은 결과를 낳았다. 앞으로 모험할 때 이용하도록 추천하는 것은, 세상에서 가장 오래된 테크놀로지다. 다름 아닌 '후두-혀-턱'이라는 진기한 장치.

3. 나는 우울에 빠져 있었다. 그러나 세상 속으로 나가자 더 이상 우울한 사람이 아닐 수 있었다. 그냥 정신 나간 사람이었다.

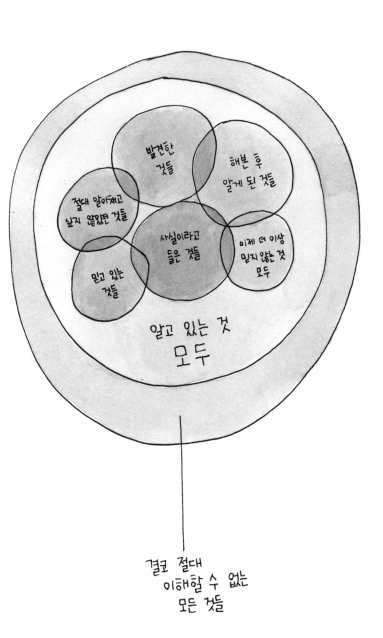

4. 어떤 사람이 정신 나간 사람인지 아닌지는 **결국 보기 나름이다.**

5. 누구나 조금만 지나면 **고양이를 사랑하게 된다.** 웬디에게 물어보기만 해도 알 수 있다.

6. 자기 고양이를 잘 아는 일은 절대 있을 수 **없다.** 사실, 상대가 어느 누구라도 우리가 원하는 만큼 그 상대를 잘 아는 일은 절대 있을 수 없다.

7. **그래도 괜찮다.** 상대를 잘 아는 일은 절대 있을 수 없는 것이 사실이라 해도, 사랑은 그 사실을 뛰어넘는다.

우리 집 사건들은 하나씩 정리되었다. 목발은 마침내 치워졌다. 웬디는 나랑 함께 살기로 결정하고 집으로 들어왔다. 티비는 방랑에 더 이상 관심을 보이지 않았다. 여전히 자유롭게 집 안팎을 드나들기는 하지만 오래 집을 떠나 있은 적은 한 번도 없다. 베란다 의자까지 어슬렁어슬렁 걸어간 뒤 의자 밑에서 주위를 둘러보고 하품하고 기지개를 편다. 눈을 감고 몇 시간 동안 낮잠을 자며 꿈을, 이제는 나도 내가 절대 알 수 없다고 인정하게 된 티비 자신만의 꿈을 꾼다. 티비는 이 집에 고양이는 자기 혼자라는 상황, 내 무릎도, 아기 말투 대화도, 진저리칠 만큼 심한 애정 표현도 혼자 받게 된 상황에 점점 적응했다. 티비는 오히려 그 상황을 좋아하는 것 같았다.

티비의 밥은 프리스키스로 바꿨다.

얼마 전, 웬디는 고양이를 두 마리 더 키우고 싶다고 말했다. 동물 보호소에서 데려오면 된다고, 열네 살이나 된 노고양이 티비한테 어린 고양이들이 같이 있으면 좋지 않겠냐고 강조했다.

웬디는 눈을 반짝이며 소리쳤다. "아기 고양이 두 마리! 키우자!"

내가 물었다. "정말이야?"

나는 웬디에게 그것은 사랑과 질투와 번민의 길에 들어서는 일이라고 일깨웠다.

웬디는 잘할 수 있다고 자신했다. 웬디가 말했다. 맞다고, 고양이를 잘 알게 되는 일은 절대 있을 수 없다고, 하지만 '티비 추적 작전'에서 깨달았듯이 무엇보다 중요한 것은 믿음이라고.

"나는 고양이들을 믿을 거야. 고양이들이 어떤 상황에서도 나를 사랑할 거라고." 그렇게 말하는 웬디의 얼굴에는 처음으로 고양이를 키우게 되는 사람이 겪게 될 온갖 희망과 즐거움과 상심이 모두 보였다.

8. 믿음은 좋다. 그러나 **GPS**가 있다는 사실은 잊지 말자.

GPS

티비아

1994~2012

아주 착한 고양이

"음식?"

옮긴이의 말

나도 내 개의 비밀 생활을 엿보고 싶다

저는 고양이를 키운 적 없지만 개는 키우고 있습니다. 고양이든 개든 함께 사는 반려 동물이 어느 날 갑자기 사라져 버린다면? 생각하기만 해도 끔찍해요. 이 책의 '나'는 '티비! 티비!' 하고 소리쳐 이름을 불렀겠지만, 저는 '띠롱아!' 하고 불러야 하겠죠. 역시 개나 고양이의 이름은 남이 들었을 때 너무 우스꽝스럽지 않은 것으로 지어야 하는 것 같습니다.

이 책은 고양이를 잃어버린 사람의 슬픈 이야기는 아닙니다. 집을 나갔다가 돌아온 고양이가 과연 집 나간 사이에 어디에서 무엇을 했을지 찾아보는 이야기입니다. 다섯 주나 집을 비웠던 티비의 경우는 조금 특별하지만, 꼭 그리 긴 기간 동안 나가 있지는 않았더라도, 아니, 아예 나간 적이 없더라도, 우리는 우리의 고양이나 개가 과연 뭘 생각하고 있는지, 정말 우리 생각처럼 우리와 대화하고 있는지, 고양이나 개가 생각하고 있는 것이라고 우리가 믿고 있는 바가 과연 맞는지 늘 궁금해집니다. 고양이나 개와 살아 본 사람이라면 누구나 공감할 겁니다. 그래서 '나'의 '티비 추적 작전'은 반려 동물을 사랑하는 사람에게 더없이 흥미로운 이야기일 겁니다.

시종 웃음을 머금으며 다음을 궁금히 여기고 책장을 넘길 수밖에 없는 것은 '나'의 말재주 때문입니다. '나'는 덤벙거리고 곧잘 사

171

고를 치면서도 실수투성이인 사람으로 그려집니다. 물론 이런 '나'의 행동으로 이 책의 이야기가 즐거운 웃음을 자아내지만, 실제로 저자가 그런 성격은 아닐 터, 저는 이런 글을 아주 좋아하는데 사실 이렇게 자신을 낮추며 웃음을 끌어내는 글쓰기가 결코 쉽지는 않아요.

이 책을 보는 또 다른 재미는 글쓴이이자 화자인 '나'와 애인 웬디의 관계죠. 큰소리만 치며 매사에 서툴면서 무모한 '나'를 웬디는 있는 그대로 받아주며 갖가지 상황에서 더 나은 방법으로 조용히 이끕니다. 만난 지 반년, 처음 사랑에 빠진 연인이 느끼는 설렘은 걷히고 이제 현실로 돌아와서 두 사람이 과연 생활의 반려자로 함께 오랫동안 살아갈 수 있을지를 생각해야 하는 시기. 그때 때맞춰 '나'는 사고를 당하고, 연인 웬디는 옆을 지킵니다. 고양이 티비가 실종되었다가 돌아오고, 티비가 과연 어디에서 무엇을 했는지 찾아다니고, 티비의 남매인 피비가 세상을 떠나고, 이런 일련의 일들이 벌어지는 동안, 웬디는 '나'를 지키는 동시에, 고양이와 멀리 거리를 두었던 태도에서 벗어나 '고양이 사람'이 됩니다. 어찌 보면 이 이야기는 고양이를 매개로 하여, 두 연인이 서로를 이해하고 더 깊은 사랑으로 나아가는 연애담이기도 합니다.

이 책을 어떤 이야기로 읽든, 애묘가의 한 사람으로 다른 사람의 고양이 이야기를 전해 듣는 기분으로 읽든, 귀여운 그림과 고양이 사진을 보는 맛으로 읽든, 연인의 사랑 이야기로 읽든, 독특한 유머가 가득한 새로운 느낌의 에세이로 읽든, 그건 독자의 마음일 겁니다. 혹은 또 다른 이야기를 발견하는 것도 독자의 몫이겠죠. 어쨌든 저는 또 한 권, 아주 즐거운 책을 번역했다는 즐거움을 지금 맛보고 있습니다.

조동섭

조동섭

서울대학교 언론정보학과를 졸업하고 한양대학교 영화학과 대학원 과정을 마쳤다. 문화 잡지 「이매진」 수석 기자, 「야후 스타일」 편집장을 거쳐, 지금은 자유 기고가와 번역가로 일하고 있다. 옮긴 책으로 『고양이가 쓴 원고를 책으로 만든 책』, 『피터의 고양이 수업』, 『신사 고양이』, 『파리에 간 고양이』, 『독거미』, 『일상 예술화 전략』, 『안녕하세요, 고양이 씨』, 『여행 가방 속의 고양이』 등 다수가 있으며, 함께 지은 책으로 『소울 푸드』가 있다.

로스캣

외출 고양이를 찾는 GPS 사용법

초판 1쇄 2014년 7월 15일

글쓴이 캐롤린 폴

그린이 웬디 맥노튼

옮긴이 조동섭

펴낸이 이주애, 홍영완

편집 장정민, 김진희

디자인 강루미

마케팅 정대욱, 김진겸

펴낸곳 윌북

출판등록 제406-17호

주소 413-120 경기도 파주시 회동길 209

전자우편 willbook@naver.com

전화 031-955-3777

팩스 031-955-3778

ISBN 979-11-5581-024-8   03840

이 도서의 국립중앙도서관 출판시도서목록(CIP)은
서지정보유통지원시스템 홈페이지(http://seoji.nl.go.kr)와
국가자료공동목록시스템(http://www.nl.go.kr/kolisnet)에서 이용하실 수 있습니다.
(CIP제어번호: CIP2014019213)

WE LIVE
HERE